Dino

STAR WARS

Die Klonkriege im Überblick

Die Schlacht um Geonosis stellte den Auftakt des legendären intergalaktischen Konflikts dar, der als „Die Klonkriege" in die Geschichte eingehen und das Schicksal der Republik entscheidend verändern sollte.
Auf der einen Seite stand die Konföderation der unabhängigen Systeme mit dem charismatischen Count Dooku als Führer, unterstützt von mächtigen Gilden und Handelsorganisationen und deren Droiden-Armeen, auf der anderen Seite die treuen Anhänger der Republik und ihre Klonarmee unter der Führung der Jedi-Ritter. Dieser Krieg wurde an vielen Fronten gekämpft – mit großem Heldenmut und zahlreichen Opfern auf beiden Seiten.
Hier eine Übersicht der wesentlichen Ereignisse dieses Krieges und deren chronologische Einordnung …

Monate (nach Episode II)	Ereignis	Dokument
0	**Die Schlacht um Geonosis** *Star Wars:* Episode II – Angriff der Klonkrieger	Film (Lucasfilm Ltd., Mai '02)
0	**Die Suche nach Count Dooku** Boba Fett 1: Der Kampf ums Überleben	Roman (Panini-Dino, Mai '03)
+ 1	**Die Schlacht um Raxus Prime** Boba Fett 2: Im Kreuzfeuer	Roman (Panini-Dino, Mai '03)
+ 1	**Das Dark Reaper Projekt** The Clone Wars	Videogame (Electronic Arts, Nov. '02)
+ 1,5	**Verschwörung auf Aargau** Boba Fett 3: Das Labyrinth	Roman (Panini-Dino, Aug. '03)
+ 2	**Die Schlacht um Kamino** Die Klonkriege I: Die Verteidigung von Kamino	Comic (Panini-Dino, Aug. '03)
+ 3	**Die Verteidigung von Naboo** Die Klonkriege II: Im Visier des Bösen	Comic (Panini-Dino, Feb. '04)
+ 6	**Die Haarun Kal-Krise** Mace Windu und die Armee der Klone	Roman (Blanvalet, März '04)
+ 15	**Die Schlacht um Jabiim** Die Klonkriege III – Das letzte Gefecht von Jabiim	Comic (Panini-Dino, April '04)

STAR WARS™

BOBA FETT™

DAS LABYRINTH

Band 3

Elizabeth Hand

Dino

Die Deutsche Bibliothek – CIP-Einheitsaufnahme

Ein Titeldatensatz für diese Publikation ist bei der Deutschen Bibliothek erhältlich.

*Dieses Buch wurde auf chlorfreiem,
umweltfreundlich hergestelltem
Papier gedruckt.*

In neuer Rechtschreibung.

Deutsche Ausgabe 2003 by Panini Verlags GmbH,
Rotebühlstraße 87, 70178 Stuttgart

Titel der amerikanischen Originalausgabe: „*Star Wars* Boba Fett # 3 – Maze of Deception".

Übersetzung: Dominik Kuhn
Redaktion: Mathias Ulinski, Holger Wiest
Chefredaktion: Jo Löffler
Umschlaggestaltung: TAB Werbung GmbH, Stuttgart,
basierend auf dem US-Cover von Louise Bova
Satz: Greiner & Reichel, Köln
Druck: Ebner & Spiegel, Ulm
ISBN: 3-89748-707-1

www.dinocomics.de
www.starwars.com

Prolog

Der Traum ist immer derselbe. Boba bezeichnet ihn immer als ‚Den Traum', weil es der einzige ist, an den sich erinnern kann. Der einzige Traum, an den er sich erinnern *will*.

In diesem Traum ist sein Vater, Jango Fett, noch am Leben. Er zeigt Boba, wie man einen Blaster benutzt. Die mattgraue Waffe ist viel schwerer, als Boba denkt.

„So musst du es machen", sagt Jango. Er trägt seinen Mandalorianischen Helm nicht, und so kann Boba die braunen Augen seines Vaters sehen, die gleichermaßen kühl wie intelligent wirken – nur nicht dann, wenn er seinen Sohn ansieht. Wenn sein Vater einen Blaster in der Hand hält, sieht die Waffe aus, als wäre sie schwerelos, als wäre sie eine tödliche Verlängerung seiner Hand. Er gibt Boba die Waffe, der große Schwierigkeiten hat, sie ruhig zu halten.

„Du musst immer sicher sein, dass du sie fest in der Hand hast", sagt Jango. „Andernfalls kann ein Feind sie dir aus der Hand schlagen. Ungefähr so …"

Eine schnelle Bewegung und der Blaster fällt aus Bobas Hand. Boba sieht erschrocken auf und erwartet eine Rüge, doch sein Vater lächelt nur. „Denke immer daran, mein Sohn: Vertraue niemandem, aber benutze jeden."

Dann wacht Boba auf. Manchmal sagt sein Vater etwas anderes oder es ist eine andere Waffe. Vielleicht ein Pfeilwerfer oder eine Rakete. Aber etwas verändert sich nie.

Boba wacht aus dem Traum auf und sein Vater ist noch immer tot.

Kapitel 1

„Boba! Die Pause ist vorbei! Ich brauche dich – wir befinden uns im Landeanflug."

Boba sah erschöpft auf. Er hatte sich im Cockpit der *Slave I* zum Schlafen gelegt. Neben ihm, wo früher sein Vater an den Kontrollen des Raumschiffes gesessen hatte, saß jetzt Aurra Sing, die sich gerade über die Steuerkonsole beugte. Sie starrte auf den Datenschirm. Er war voller Symbole, die für Boba Fett vollkommen bedeutungslos waren – die genauen Koordinaten ihres Zielorts blieben ihm verborgen.

„Ja!", murmelte Aurra Sing triumphierend. „Wir sind beinahe da."

Sie warf einen Blick auf Boba. Er wandte sich schnell ab, denn eigentlich durfte er nicht wissen, wohin sie flogen.

Das war ein Teil ihrer Abmachung. Aurra Sing würde sie beide hinbringen, indem sie den Koordinaten folgte, die sie in der Datenbank der *Slave I* gefunden hatte. Die Koordinaten waren Teil eines komplexen Systems – eigentlich einer

Schatzkarte – die genau angab, wo Bobas Vater sein riesiges Vermögen aus Credits und Edelmetallen über die Galaxis verstreut hatte.

Jango Fett war ein Kopfgeldjäger gewesen – ein extrem *erfolgreicher* Kopfgeldjäger. Und er war auch sehr klug gewesen. Er war als Mandalorianischer Krieger ausgebildet worden und hatte die wichtigste aller Lektionen gelernt: *Sei auf den schlimmsten Fall vorbereitet.* Und so hatte er sichergestellt, dass sein kleiner Sohn Boba nach seinem Tod Zugriff auf sein Vermögen haben würde. Es war sogar so, dass niemand sonst an dieses Vermögen herankommen konnte, denn der Zugangscode war so programmiert, dass nur Bobas Retina-Scan und seine DNS ihn öffnen konnten. Da Boba der einzige *unveränderte* Klon seines Vaters war, besaß nur er allein Jangos unverfälschtes genetisches Material.

Aber Boba wusste nicht, wo das Vermögen war. Das wusste nur Aurra Sing, denn sie hatte sich die Aufzeichnungen im Schiff von Bobas Vater angesehen. Das Schiff, das jetzt eigentlich Boba gehören sollte.

Boba betrachtete müde die Person, die da neben ihm saß. Ihr Zopf oben auf dem Kopf hob sich leuchtend rot von der schneeweißen Haut ab. Ihre Augen leuchteten wie eine Zwillingssonne.

„Sie ist eine der tödlichsten Kämpferinnen, die ich kenne", hatte Jango einst zu Boba gesagt. „Sie wurde als Jedi-Ritterin ausgebildet, aber aus irgendeinem Grund hasst sie sie mehr als irgendjemanden sonst in der Galaxis – und das will etwas heißen! Komm ihr niemals in die Quere, mein Sohn. Und was noch wichtiger ist: Vertraue ihr *niemals*."

Boba vertraute ihr mit Sicherheit nicht. Wer würde das schon? Aurra Sing war so dünn, so muskulös und so hager wie ein Aristokrat von Kuat, aber so tödlich wie ein mantellianischer Savrip. Sie war eine einsame Jägerin und ein tödliches Raubtier.

Wie mein Vater, dachte Boba. *Wie ich es auch sein könnte.* In seinem Blick lag Bewunderung – obwohl er zu klug war, Aurra das sehen zu lassen!

„Mach dich bereit zum Abstieg", fuhr sie ihn an, als sie die endgültigen Landekoordinaten eintippte. „Du wirst dich bald für mich nützlich machen können, Junge!"

Die Koordinaten waren noch immer verschlüsselt. Doch als Aurra einen Augenblick abgelenkt gewesen war, hatte Boba einen kurzen Blick auf den Schirm erhaschen und einen Teil der unverschlüsselten Daten sehen können. Sie lagen irgendwo in den Kernwelten. Weit weg von Bespin und Cloud City, wo er Aurra Sing getroffen hatte. Boba wusste von den Kernwelten, weil er einmal bei einer Unterhaltung seines Vaters gelauscht hatte. Der Kern war eine gute Gegend, um Waffen zu kaufen – ein guter Ort, um *alles* zu kaufen, wie ihm jetzt klar wurde. Vielleicht auch ein guter Ort, um die *Slave I* etwas aufzurüsten – wenn er Aurra Sing erst einmal losgeworden war.

Er kannte den Namen ihres eigentlichen Zieles nicht und er konnte auch die Koordinaten auf dem Schirm nicht lesen, dafür aber den Planeten durch die Sichtscheibe sehen. Er war von mittlerer Größe und leuchtete so facettenreich wie ein grün-goldenes Juwel. Er warf einen kurzen Blick auf Aurra Sing, doch sie war gerade mit dem Landeprogramm beschäftigt. Also sah er sich wieder den Schirm an. Erst scrollte nur eine Reihe unverständlicher Zahlen und Buchstaben darüber, doch dann kam eine Zeile, die er lesen konnte.

AARGAU. LANDEERLAUBNIS ERTEILT.

Aargau. Dahin ging es also.

Dumm nur, dass ich noch nie etwas von diesem Planeten gehört habe, dachte Boba seufzend. Die Landesicherung hielt seine Arme fest. Als er versuchte, es sich etwas bequemer zu machen, sah ihn Aurra Sing mit stechendem Blick an.

„Du willst schon aussteigen?“, fragte sie und zeigte auf die Abwurfschleuse. „Das kann ich für dich arrangieren!“

Boba fletschte die Zähne und zwang sich zu einem entschuldigenden Lächeln. „Tut mir Leid.“

Vertraue ihr niemals, hatte sein Vater gesagt. Doch Boba hatte eine Abmachung mit ihr. Er hatte sich einverstanden erklärt – wenn auch nur zögerlich – das Vermögen halbe-halbe mit ihr zu teilen.

Er hatte keine Wahl gehabt. Er hatte kein Geld, auch keine Credits mehr und er besaß nichts außer die Reisetasche, den Mandalorianischen Kampfhelm und die *Slave I*. Er hatte hier draußen keine Freunde, wo auch immer er war. Er hatte nirgendwo Freunde. Und selbst wenn er einmal die Möglichkeit gehabt hatte, einen Freund zu finden, dann war sie schnell wieder verloren gegangen.

Er konnte sich nur auf sich selbst verlassen: Ein Elfjähriger mit der Ausbildung seines Vaters, den blitzschnellen Reflexen seines Vaters, den Kampfinstinkten seines Vaters – und seinem eigenen Überlebenstalent.

„Bereit?“, fragte Aurra Sing. Es war eher ein Befehl als eine Frage.

„Bereit“, sagte Boba und machte sich für den Abstieg nach Aargau bereit.

Kapitel 2

Aargau war nicht der erste fremde Planet, den Boba besuchte, auch nicht der zweite. Für ein Kind seines Alters hatte Boba schon eine Menge Planeten gesehen. Da war das graue, wolkenverhangene Kamino, seine Heimatwelt, auf der Monate vergehen konnten, in denen man nichts weiter sah als silbergraue Regenvorhänge und man nichts hörte als das Tosen des Windes und der Wellen. Dann war da Geonosis, ein riesiger Wüstenplanet mit orangefarbenen Ringen, wo Boba seinen Vater begraben hatte. Und Bogden, ein kleiner Planet, der von so vielen Monden umkreist wurde, dass er aussah wie ein Teil eines riesigen Wuur-Murmelspiels.

Und da war noch die *Candaserri*. Das republikanische Truppenschiff *Candaserri* war natürlich kein Planet, aber Boba war es beinahe so groß vorgekommen. Auf der *Candaserri* waren ihm die verhassten Jedi über den Weg gelaufen, obwohl Mace Windu nicht dabei gewesen war, der Jedi-Ritter, der seinen Vater getötet hatte.

Dabei war die *Candasseri*, abgesehen von den Jedi, gar nicht so übel gewesen. Auf jeden Fall war sie nicht so abscheulich wie Raxus Prime gewesen, die Müllhalde der Galaxis, wo Boba Count Dooku zum letzten Mal gesehen hatte. Er wusste nie, wie er ihn nennen sollte, denn er hatte zwei Namen – Dooku und Tyranus. Bobas Vater hatte immer zu seinem Sohn gesagt: „Wenn mir irgendetwas zustoßen sollte, dann mach dich auf die Suche nach Dooku. Er kann dir helfen."

Es war schließlich so gekommen, dass Dooku Boba zuerst gefunden hatte. Er hatte Aurra Sing angeheuert, um Jango Fetts Sohn zu ihm zu bringen – zu Bobas eigener Sicherheit, wie er ihm erklärt hatte. Aurra Sing hatte die *Slave I* als Teil ihrer Bezahlung behalten, was Bobas Meinung nach alles andere als fair war. Es war das Schiff seines Vaters und eigentlich war Boba jetzt der rechtmäßige Eigentümer.

Aber man legte sich nicht mit Count Dooku an und erst recht nicht mit Aurra Sing.

Zumindest dann nicht, wenn man weiterleben will, dachte Boba, als er wartete, bis die *Slave I* auf Aargau gelandet war. Count Dooku war ein großer, überheblicher Mann mit eisgrauen Augen. Wie Aurra so war auch er zum Jedi ausgebildet worden. Er hatte allerdings seine Ausbildung abgeschlossen und war sogar Meister gewesen, was ihn noch gefährlicher machte. Und wie Aurra Sing hasste auch er die Jedi. Als Boba seinen Vater das erste Mal über Count Dooku hatte reden hören, da hatte er ihn Count Tyranus genannt. Tyranus war es gewesen, der Jango Fett als Zelllieferanten für die gewaltige Klonarmee angeheuert hatte, die auf Kamino geschaffen worden war. Aus diesem Grund sah auch jeder Klonsoldat exakt so aus wie Jango Fett.

Nur Boba ähnelte seinem Vater wie ein normaler Junge. Anders als bei den Klonsoldaten hatte man Bobas DNS nicht genetisch verbessert. Er wuchs so schnell wie alle anderen Kinder, nicht mit der erhöhten Geschwindigkeit der Klone. Boba fand die Klone irgendwie gruselig. Einerseits waren sie cool, weil sie besser als jede Droiden-Armee kämpfen konnten, andererseits waren sie seltsam, weil sie seinem Vater so sehr ähnelten.

Und Count Dooku war noch gruseliger. Besonders, seit Boba wusste, dass er zwei Identitäten hatte.

Tyranus hatte die Klontruppen geschaffen, die jetzt von der Galaktischen Republik eingesetzt wurden. Dabei war Dooku auf der Seite der Feinde der Republik: Er hielt zu den Separatisten. Zwei Männer auf gegnerischen Seiten – dabei waren sie ein und dieselbe Person!

Und nur Boba Fett wusste das. Er musste lächeln, als er daran dachte. *Ein Geheimnis zu kennen, bedeutet Macht,* hatte sein Vater ihm immer gesagt. *Aber nur, wenn es dein Geheimnis bleibt.*

„Bereit", murmelte Aurra Sing. Das Schiff erzitterte unter den Kräften des Eintritts in die Atmosphäre. „Und – jetzt!"

Durch die Sichtscheibe konnte Boba einen ersten Blick auf Aargau erhaschen. Die Oberfläche des Planeten war unsichtbar. Er sah nichts als eine einzige, riesige Pyramide, die weit, weit unten wie ein riesiger Stahlstachel aus den Wolken ragte.

„Was ist denn das?“, fragte Boba überwältigt. Er hatte noch nie etwas so Großes gesehen. „Ist das ... leben da die Leute?“

Aurra nickte. „Ja. Aargau wird vom Intergalaktischen Bankenclan beherrscht. Sie sind immer darauf aus, alles organisiert und unter Kontrolle zu haben. Deshalb ist der größte Teil des Wohnraums auf diesem Planeten in einer gigantischen Pyramide zusammengefasst. Sie ist in sieben Ebenen unterteilt. Die oberste Ebene ist natürlich die kleinste und dient der An- und Abreise, damit die Sicherheitskräfte jeden Besucher kontrollieren können. Wenn man dann tiefer geht, findet man die Verwaltung, dann die Banken und Schatzkammern. Die Handels- und Wohnbereiche liegen darunter.“

Boba sah nach unten. Er sah Zickzacklinien, die an der gestuften Außenseite der Pyramide entlang verliefen. Da gab es blinkende Lichter, leuchtende Schluchten und Tunnels, die in den buntesten Farben über die Oberfläche der Pyramide verliefen.

„Wow! Das ist ja wie ein riesiges Labyrinth“, sagte er voller Bewunderung.

„Das stimmt. Die Droiden sind darauf programmiert, sich auf allen Ebenen zurechtzufinden, aber die Leute können hier Jahre damit verbringen, sich alle Pläne und Zugangscodes einzuprägen und verlaufen sich dann immer noch. Es wird erzählt, dass man sein ganzes Leben lang umhergehen und niemals den Weg zurück zum Ausgangspunkt finden kann, wenn man auf der falschen Ebene aussteigt.“

Cool!, dachte Boba. Er warf Aurra Sing einen verstohlenen

Blick zu. Wenn er erst einmal seinen Anteil am Vermögen seines Vaters hatte, konnte er sie vielleicht in diesem planetaren Labyrinth loswerden und wieder die Kontrolle über die *Slave I* – und sein eigenes Leben – zurückgewinnen. Er griff in die Tasche und tastete nach dem Buch, das ihm sein Vater gegeben hatte. Es war der Besitz, den Boba mehr als alles andere behütete, abgesehen vom Mandalorianischen Kampfhelm seines Vaters.

Der Helm lag sicher in Bobas Schlafraum. Doch erst vor kurzem hatte er beschlossen, das Buch immer bei sich zu tragen. Es enthielt Informationen und Ratschläge, die sein Vater für ihn aufgeschrieben hatte. Irgendwie war es wie ein Bindeglied zu seinem Vater, obwohl der längst tot war.

Aber darüber wollte Boba jetzt nicht nachdenken. Als er sicher war, dass das Buch dort war, wo es sein sollte, wandte er seine Aufmerksamkeit wieder der Frontscheibe zu.

Die *Slave I* näherte sich der Spitze der glitzernden Pyramide. Weit unten sah Boba blinkende, grüne, rote und blaue Lichter. Alles sah aus wie ein riesiger elektronischer Schaltkreis. Er zeigte auf die Stelle ganz unten am Fuß der Pyramide, wo die Lichter am hellsten zu leuchten schienen.

„Was ist da unten?“, fragte er. „Auf der untersten Ebene.“

„Das ist die Unterstadt, Junge. Man sagt, dass dort unten alles möglich ist – wenn man sich auskennt.“

Sie lehnte sich im Pilotensitz zurück und grinste, als der Schiffscomputer endlich Kontakt mit den planetaren Sicherheitskräften aufnahm. Auf dem Schirm vor ihr tauchten grüne Buchstaben auf. Dieses Mal waren es keine verschlüsselten Koordinaten, sondern Buchstaben, die Boba deutlich lesen konnte.

WILLKOMMEN AUF AARGAU
IHR BETRETET EINE NEUTRALE ZONE

„Ha!", sage Aurra Sing. Sie legte ihren Sicherheitsgurt ab, stand auf und schüttelte ihren roten Zopf. „Neutrale Zone! So etwas existiert doch gar nicht!"

„Was meint Ihr damit?", fragte Boba. Er stieg aus seinem Sitz und folgte ihr in die Docking-Bucht der *Slave I*.

„Ich meine damit, dass niemand jemals neutral ist. Nicht wirklich. Jeder hat seinen Preis – man muss nur herausfinden, wie hoch er ist oder was es ist." Wie aus einem Reflex heraus prüfte sie, ob ihre Waffen richtig saßen und warf Boba dann einen Blick zu. „Ich nehme an, du bist bereit. Immerhin brauchen wir ja nur dich. Lass bei der Bank deine Identität prüfen und dir das Geld geben!"

Sie grinste und tippte dann den Code für die Außentür des Schiffes ein. „Los Junge, lass uns reich werden!"

Kapitel 3

Boba stellte schnell fest, dass Aargau ganz bestimmt der sauberste Planet war, den er jemals betreten hatte. Die Landebucht sah aus wie das Innere eines riesigen Holoschirms mit blitzenden Lichtern und flachen Gebäuden in hellen Farben. Die Straße war breit und vollkommen leer, bis auf ein paar Gleiter, die gerade gelandet waren. Er sah nur wenige Wesen oder Droiden. Nicht einmal die spartanische Wohnung seines Vaters auf Kamino war so sauber gewesen wie diese Straße!

Und alles war in rotes Licht getaucht – ein gleißendes Licht, so gleißend, dass Bobas Augen schmerzten.

„Ist das die Farbe der Atmosphäre hier?“, wunderte er sich.

Aurra Sing schüttelte den Kopf. „Nein, das sind besondere Infrarotstrahlen“, erklärte sie, als sie aus der *Slave I* stiegen. „Aargau hat eine Atmosphäre, die humanoidenen Standards entspricht. Jede Ebene hat ihren eigenen Farbcode, angeblich damit man sich hier besser zurechtfindet. Ich persönlich bekomme davon nur Kopfschmerzen."

„Ich auch." Boba rieb sich die Augen. „Diese Ebene ist also rot?"

„Richtig. Die Infrarotstrahlen helfen auch bei der Desinfektion ankommender Raumschiffe – und Besucher. Auf Aargau gibt es *viele* Regeln."

Mehrere uniformierte Soldaten gingen zwischen den anderen Schiffen in der Landebucht umher. Trotz ihrer Uniformen und der unter Helmen versteckten Gesichter erkannte Boba sie sofort. Es waren Klonkrieger, Angehörige der Klonarmee, die Count Tyranus geschaffen hatte. Aargau gehörte zur Republik, was eine Erklärung dafür sein konnte, warum die Klone hier waren. In einer anderen Landebucht sah Boba ein Kanonenboot der Republik. Damit mussten die Klontruppen gekommen sein.

Aber weshalb war das Kanonenboot hier? Tankte es auf?

Boba sah, wie die Klonkrieger näher kamen. Es war ein seltsames Gefühl, die Klone wiederzusehen. Boba wusste, dass jeder einzelne davon das Gesicht seines Vaters hatte. Die Augen seines Vater, den Mund seines Vaters – nur nicht dessen Lächeln. Weil die Klone kaum lachten.

Boba sah, wie sich Aurra Sing anspannte, als die Klone näher kamen. Doch sie nickten nur höflich. Sie warfen einen schnellen Blick auf die *Slave I* und gingen weiter.

„Sie haben uns nicht durchsucht", sagte Boba überrascht. Er drehte sich um und sah den Klonen hinterher. „Oder das Schiff."

Aurra zuckte mit den Schultern. „Das ist auch nicht ihre Aufgabe. Sie kämpfen eigentlich und prüfen keine Fracht. Aber es macht sich sowieso niemand die Mühe, etwas nach Aargau *hinein* zu schmuggeln. Der Planet ist zu reich. Sie haben ein Sprichwort hier: ‚Lieber arm auf Aargau als anderswo reich.' Aargau ist die Bank für die gesamte Galaxis. In den Schatzkammern von Aargau liegen genügend Edelmetalle, um eine ganze Armee tausendfach auszustatten."

„Wirklich?" Boba grinste in sich hinein. Wenn die Bank hier so reich war, würde man dann überhaupt bemerken, wenn ein paar Goldbarren fehlten?

Als hätte sie seine Gedanken gelesen, fügte Aurra Sing hinzu: „Es ist einfach, *nach* Aargau zu kommen. *Wegzukommen* ist schon schwieriger. Du kannst dir gar nicht vorstellen, was sie mit Leuten machen, die versuchen, etwas vom Planeten zu schmuggeln." Sie drehte sich um und grinste ihn gehässig an. „Denk nicht mal dran, mich hinters Licht führen zu wollen, Junge. Sie müssen dich nur des Schmuggels verdächtigen und schon bist du Geschichte. Wem wird so ein Offizier wohl mehr glauben? Einem kleinen Kind oder einer Erwachsenen?"

Nicht einem Kind, dachte Boba und zog eine Grimasse. *Dem Kind eines Kopfgeldjägers.* Doch er sagte nichts.

„Also bleib einfach bei mir", zischte Aurra Sing, als sie zu einem großen glänzenden Schalter gingen. Davor schwebte ein riesiges Holoschild in der Luft. Es zeigte eine Mitteilung, die sich in hunderten verschiedenen Sprachen wiederholte.

WILLKOMMEN AUF AARGAU,
DEM JUWEL DES ZUG-SYSTEMS!
BEFOLGT DIESE REGELN

I. KEIN UNERLAUBTES ENTFERNEN
VON EDELMETALLEN
II. KEIN WAFFENBESITZ FÜR NICHT-AARGAUER
III. KEINE VERSUCHE DER MANIPULATION,
DER DISKREDITIERUNG ODER DES BETRUGS
DER BANK VON AARGAU

DIE OBEN GENANNTEN VERBRECHEN WERDEN MIT
SOFORTIGER EXEKUTION BESTRAFT

Boba warf wieder einen Blick auf Aurra Sing. Sie würde Schwierigkeiten mit Regel Nummer zwei haben, dachte er.

Doch Aurra Sing machte sich nicht die Mühe, die Regeln zu lesen. Sie ging geradewegs unter dem Holoschirm hindurch zum Schalter der Zollzentrale. Boba musste sich beeilen, um Schritt mit ihr halten zu können.

„Willkommen auf Aargau", sagte die Frau am Schalter. Sie war humanoid mit einer entlarvenden Steifheit und bleicher Haut, die sie als Angehörige des Intergalaktischen Bankenclans vom Planeten Muunilinst auswies. Sie trug einen teuer aussehenden, silber-goldenen Plasteel-Anzug. Die Knöpfe sahen aus, als wären sie aus massivem Platin und sie hatten glitzernde Einsätze aus smaragdfarbenen Gavril-Augen. Sie hob einen kleinen Retina-Scanner und hielt ihn zuerst vor

Bobas, dann vor Aurras Augen. Nachdem der Scan vollzogen war, sah sie hinunter auf das Display des Geräts. Ihr Gesichtsausdruck verriet nichts.

„Darf ich nach dem Grund Eures Besuches fragen?", begann sie.

„Ich bin von seiner Familie als Vormund dieses Jungen eingesetzt worden, um sicherzustellen, dass er die Ausbildung erhält, die ihm zusteht", log Aurra. Boba zuckte bei dem Gedanken zusammen, mit ihr verwandt zu sein. „Wir sind hier, um die Auszüge seines Universellen Institutionellen Hochzins-Sparkontos zu einzusehen."

„Sehr gut." Die Aufseherin lächelte leer. „Und dürfte ich bitte den Nachweis Eurer Einzahlung sehen?"

Einen Augenblick schwieg Aurra Sing. Dann schob sie eine kleine, glänzende Karte zur Aufseherin am Schalter. Bobas Augen weiteten sich. Auf dieser Karte mussten die Zugangsdaten zum geheimen Vermögen seines Vaters verschlüsselt sein!

Aurra Sing sah die Aufseherin an und sagte: „Ich denke, hierauf werdet Ihr alles finden, was Ihr benötigt."

Die Frau schob die Info-Karte in einen zweiten Scanner, der zu piepen und zu blinken begann. Sie las ab, was auf dem Display erschien.

„Ja", sagte sie. „Du bist Boba Fett?"

Boba nickte und die Frau lächelte. „Mit dieser Art von Karte bist du ein sehr wohlhabender junger Mann!"

„Ja", sagte Boba. Aber er fühlte sich keineswegs wohlhabend – ganz abgesehen davon, dass er nicht so aussah. Er sah an sich herab: eine blau-graue Tunika über einer blaugrauen Hose und kniehohen schwarzen Stiefeln. Ganz normales Zeug, nichts, was ein wohlhabender Junge anziehen würde.

Aber interessierte das die Sicherheitsleute hier auf Aargau? Der Frau hinter dem Schalter machte es auf jeden Fall nichts aus. Sie warf noch einen Blick auf die glänzende Info-Karte, die sie von Aurra Sing bekommen hatte und die noch immer in dem Leseschlitz steckte.

„Als Besucher, die zum ersten Mal auf Aargau sind, seid Ihr für die Ebenen Eins bis Drei zugelassen. Dort werden Außenwelt-Bankkonten und Edelmetalle verwaltet. Eure Credits befinden sich auf einer dieser Ebenen. Wenn Ihr Eure Credits oder Edelmetalle von Eurem Bankkonto abgehoben habt, könnt Ihr eine Freigabe für die Ebenen Vier und Fünf erwerben. Auf Ebene Vier kann man eine Übernachtung arrangieren und auf Ebene Fünf Versorgungsgüter kaufen."

„Und was gibt es auf Ebene Sechs?", fragte Boba.

„Unterhaltungs- und Freizeiteinrichtungen."

Boba grinste. „Und auf Ebene Sieben?"

Die Frau lächelte ihn kühl an. „Ebene Sieben ist die Unterstadt. Ein junger Mann wie du hat dort sicherlich nichts verloren. Wir unterstützen natürlich den freien Handel. Deshalb lassen wir Händlern aus der ganzen Galaxis freien Lauf. Infolgedessen finden sich in der Unterstadt einige zwielichtige Gestalten. Sie ist furchtbar gefährlich, vor allem angesichts der jüngsten Kämpfe gegen die Separatisten. Die Republik hat eine Truppe von Friedenswächtern geschickt, um sicherzustellen, dass ihre Investitionen weiterhin geschützt sind."

Sie sah Boba immer noch an und fuhr fort. „Du musst außerdem sichergehen, dass du dein Geld nicht bei jemandem tauschst, der kein registriertes Mitglied des Intergalaktischen Bankenclans ist. Auf Aargau gibt es Schwarzmarkt-Geldhändler. Geschäfte mit ihnen sind illegal. Wenn du dabei gefasst wirst, wird man dich sofort des Planeten verweisen. Und man *wird* immer gefasst. Verstehst du das?"

Boba nickte ernst. „Ja", sagte er.

Neben ihm begann Aurra Sing ungeduldig zu wippen. „Danke", sagte sie. Sie wollte nach der Info-Karte greifen. „Wenn es Euch nichts ausmacht, würden wir jetzt gern ..."

Doch noch bevor sie die Karte erreicht hatte, hob die Aufseherin die Hand. Wie aus dem Nichts erschienen plötzlich mehrere Sicherheits-Droiden vom Typ S-EP 1 und schwärmten auf den Schalter zu. Hinter ihnen folgte ein dritter Droide, der Bobas Herz vor Angst und Überraschung schneller schlagen ließ.

Es war ein IG Tötungs-Droide.

Kapitel 4

Boba hörte, wie Aurra scharf einatmete. Die Frau hinter dem Schalter machte eine schnelle Handbewegung. Der Tötungs-Droide blieb stehen und hob langsam einen Arm.

Seine Laser waren geradewegs auf Aurra Sing gerichtet.

Die Kopfgeldjägerin ging sofort in eine Verteidigungshaltung. „Ruft ihn zurück!", befahl sie der Aufseherin.

Doch die Frau schüttelte den Kopf. „Man hat es Euch mitgeteilt", sagte sie mit ruhiger Stimme und einem Blick auf Aurra Sings Blaster. „Ihr müsst Eure Waffen hierlassen."

„Nur über meine Leiche!", sagte Aurra Sing. Sie tastete nach ihrem Blaster, doch als sie sah, dass der Tötungs-Droide nach einer Schock-Granate griff, hielt sie inne.

„Oh", sagte Aurra und nahm die Hand von ihrem Blaster. „Tut mir Leid. Ich glaube, dieses Detail war mir entgangen. Ich war so sehr mit allem anderen beschäftigt."

Aurra sah Boba an und lächelte. Es war mehr eine Grimasse als ein Lächeln. „Stimmt's, Boba?"

„Ja", sagte der. Er hoffte, dass das Grinsen, das er der Frau schenkte, nicht so falsch aussah wie das von Aurra. „Wir sind so aufgeregt, weil wir endlich hier gelandet sind, dass wir es einfach vergessen haben."

Mann, sind Erwachsene dumm, dachte Boba. Er wusste, dass diese Waffenabgabe das einzige war, womit er Aurra loswerden konnte – und zwar auf der Stelle.

„Aber Ihr müsst trotzdem Eure Waffen hierlassen", fuhr die Frau fort. Sie sah Aurra Sing wieder an, dieses Mal allerdings ohne zu lächeln. „Ein Vergehen gegen diese Regel wird mit dem Tod bestraft. Dies ist die letzte Warnung."

Aurra Sing sah sie böse an. „Ich gehe nirgendwo unbewaffnet hin."

„Habt Ihr die Regeln dieses Planeten nicht gelesen?" Die Empfangsdame begann, sie mit monotoner Stimme zu rezitieren. „Kein unerlaubtes Entfernen von Edelmetallen. Kein Waffenbesitz für Nicht-Aargauer ..."

Aurra schnitt ihr schnell das Wort ab. „Kann ich sie auf meinem Schiff lassen?"

Die Aufseherin nickte. „Aber natürlich. Aber Ihr werdet dorthin vom Sicherheitspersonal begleitet." Sie gab den uniformierten Wachleuten ein Zeichen, die aus ein paar Metern Entfernung zugesehen hatten. Etwas weiter weg sah Boba noch mehr Uniformierte umhergehen. Ein paar davon hatten die Gesichter unter Helmen verborgen, andere trugen keine Kopfbedeckung.

„Ich brauche eine Sigma-Rot-Eskorte", sagte sie in einen Comlink. „Sie hat die Genehmigung, zu ihrem Schiff zurückzukehren“, sagte sie zu den Droiden und machte eine schneidende Handbewegung.

Die Droiden zogen sich auf den Befehl der Aufseherin zurück. Im gleichen Augenblick kamen zwei uniformierte Sicherheitswachen an den Schalter.

„Gibt es hier Schwierigkeiten?“, wollte einer von ihnen wissen. Er sah Aurra Sing misstrauisch an.

Boba spürte, wie sein Herz wieder zu klopfen begann.

Was wäre, wenn man sie beide zwingen würde, Aargau zu verlassen, bevor er das Vermögen geholt hatte, das sein Vater für ihn hinterlassen hatte? Dann wäre er wieder genauso schlecht dran wie zuvor. Sogar noch schlimmer: Er hing dann bei Aurra Sing fest!

Doch Aurra schien denselben Gedanken zu haben. Sie blickte berechnend drein und lächelte dann den Sicherheitsmann mit demselben falschen Lächeln an, das sie ein paar Minuten zuvor der Aufseherin geschenkt hatte.

„Ich gehe schon, Officer.“ Doch der Blick, den sie Boba zuwarf, war alles andere als glücklich.

Der Klonwachmann sah Aurra Sing weiter misstrauisch an. Auch die Aufseherin beäugte sie. Sie zeigte auf Aurra Sing.

„Bitte eskortiert sie zurück zu ihrem Schiff“, sagte sie.

Die Wachen nahmen die Kopfgeldjägerin zwischen sich.

„Seht zu, dass sie ihre Waffen ordnungsgemäß an Bord zurücklässt“, fuhr die Aufseherin fort. Sie wandte sich wieder an Aurra. „Wenn Ihr das getan habt, werden Euch die Wachen wieder bis an den Schalter eskortieren. Dann werde ich

Euren Passierschein ausstellen und Ihr könnt die anderen Ebenen von Aargau betreten."

Aurra Sing starrte die Aufseherin an und sah, dass sie einen Blaster trug.

„Und was ist mit Euch?", fragte Aurra die Frau. „Ihr seid bewaffnet!"

„Hört Ihr denn nicht zu?", fragte die Aufseherin ungläubig. „Bürger von Aargau dürfen Waffen tragen. Es ist den Bürgern von Aargau sogar verboten, *keine* Waffen zu tragen."

Aurra drehte sich um und sah Boba an. „Und was ist mit ihm?", fragte sie. Sie zeigte böse auf Boba. „Weshalb wird er nicht von Wachen umstellt?"

Die Aufseherin sah Boba an. Er versuchte, so jung und unschuldig wie möglich auszusehen. Dies war die Chance, auf die er gewartet hatte. Die Aufseherin schüttelte den Kopf, beinahe voller Mitgefühl für den Jungen.

„Er ist nicht bewaffnet", sagte sie mit ihrer ruhigen Stimme. „Auf Aargau können freie Bürger kommen und gehen, wie es ihnen gefällt, wenn sie erst einmal den Passierschein erhalten haben. Dieser Junge wird ihn bekommen. Und er hat keine Regeln übertreten. Er kann für sich selbst entscheiden."

Sie wandte sich an Boba. „Boba Fett. Willst du deinen Vormund zum Schiff begleiten? Oder willst du hierbleiben?"

Freiheit! „Ich warte hier", sagte er, wobei er sich anstrengen musste, seine Aufregung nicht allzu sehr zu zeigen.

Einen Moment befürchtete er, dass Aurra ihn anspringen

würde. Doch dann schien sie es sich anders zu überlegen. Würde ein Vormund jemals seinen Schützling angreifen?

„Ich würde dir empfehlen, hier zu warten", zischte sie Boba an. „Ich bin gleich wieder da, also rühr dich nicht!"

Die Wachen standen neben ihr und sahen sie streng an. Aurra drehte sich um.

„Lasst uns das hinter uns bringen", sagte sie. Sie ging in Richtung der *Slave I*, rechts und links von Wachen flankiert.

Doch als sie bei der Landebucht ankamen, drehte sie sich noch einmal nach Boba um. Ihr Gesicht war ruhig, doch in ihren Augen war blanke Wut zu sehen.

Als sie außer Sichtweite war, musste Boba grinsen. Endlich. Er war allein.

Kapitel 5

Boba starrte den Schatten in der Landebucht an, den die *Slave I* warf. Aurra Sing und die Wachen waren außer Sicht.

Doch er betrachtete das Schiff gern – *sein* Schiff. Der Mandalorianische Helm, den ihm sein Vater hinterlassen hatte, war noch an Bord. Er lag noch da, wo Boba ihn versteckt hatte, sicher vor Aurra Sings Zugriff. Er wünschte sich jetzt, dass er den Helm mitgenommen hätte. Er hatte ihm das Leben gerettet, als er ihn auf Raxus Prime getragen hatte.

Und mit dem Helm auf dem Kopf konnte man ihn für einen Erwachsenen halten. Das konnte manchmal sehr nützlich sein.

Aber in anderen Situationen – wie zum Beispiel jetzt – konnte es auch nützlich sein, wenn man ein Kind war. Niemand rechnete damit, dass ein Kind so klug und selbstständig war wie Boba. Niemand ging davon aus, dass ein Kind wusste, dass Dooku und Tyranus ein und dieselbe Person waren.

Und niemand rechnete damit, dass ein Kind Pläne schmiedete, die nicht einen Elternteil oder einen Vormund einbezogen. Besonders nicht einen Vormund wie Aurra Sing, die ihn nur benutzte und sich seiner in dem Augenblick entledigen würde, in dem sie ihn nicht mehr brauchte. Darüber hatte er nicht die geringsten Zweifel.

Boba wusste, dass er nur sehr wenig Zeit haben würde, bis Aurra vom Schiff zurückkehrte. Wenn sie wieder da wäre, müsste er mit ihr zu einer der unteren Ebenen gehen, um das Vermögen seines Vaters zu holen. Boba wusste, dass man ihr nicht vertrauen konnte. Sie würde jede Chance nutzen, ihn hinters Licht zu führen.

Und sie hat überhaupt kein Anrecht auf das Geld, dachte Boba wütend. *Mein Vater hat dieses Vermögen für mich hinterlegt! Nicht für irgendeinen anderen Kopfgeldjäger – und vor allem nicht für Aurra Sing.*

Aber ohne Aurra hatte er keine Möglichkeit, das Vermögen seines Vaters zu finden. Es lag irgendwo hier auf Aargau – aber wo? Die Aufseherin hatte gesagt, es läge irgendwo auf den untersten drei Ebenen. Leider war aber jede Ebene riesig groß. Ohne Credits hätte Boba genauso gut auf dem giftigen Raxus Prime bleiben können.

Er seufzte laut. Dann, als ihm wieder einfiel, wo er sich eigentlich befand, drehte er sich etwas besorgt zu der Aufseherin in der farblosen Uniform des Bankenclans um.

Er erwartete eigentlich, dass sie ihn beobachtete. War das nicht das, was Erwachsene die ganze Zeit taten? Sie beobachteten einen doch immer, damit man sich nicht allein rühren, ja nicht einmal selbstständig denken konnte. Boba hasste das, so wie sein Vater jede Art von Überwachung gehasst hatte, zum Beispiel von Seiten der Kopfgeldjäger-Gilde oder von sonst jemandem.

Doch die Aufseherin schien Boba Fett schon vollkommen vergessen zu haben. Sie stand hinter dem Schalter und hatte ihm den Rücken zugewandt. Sie sprach in einen Comlink und blickte auf einen Computerschirm. Boba wollte sich gerade wegdrehen, als etwas Glänzendes auf dem Schalter seine Aufmerksamkeit erregte.

Die Info-Karte! Aurra Sing hatte vergessen, sie mitzunehmen!

Sie steckte noch immer in dem Schlitz auf dem Schalter und glänzte sanft im harten, roten Licht.

„Wow!", flüsterte Boba unhörbar und voller Aufregung.

Wenn er die Karte an sich bringen könnte, könnte er damit das Vermögen seines Vaters finden!

Boba sah sich verstohlen um. Die Sicherheits-Droiden schwebten auf der anderen Seite der Halle in der Nähe einiger Turbolift-Türen. Auf der gegenüberliegenden Seite stand eine Gruppe uniformierter Wachen, die miteinander plauderten. Ein paar Personen, deren Kleidung sie als Mitglieder des Intergalaktischen Bankenclans auswies, kamen auf den Schalter zu.

In einer Minute würden sie hier sein. Die Aufseherin würde sich umdrehen, um sie zu begrüßen …

… und Boba hätte seine Chance verspielt! Er streckte schnell die Hand aus. Einen Augenblick schwebte seine Hand reglos über der glänzenden Karte. Dann packte er schnell wie der Blitz zu.

Das war einfach!, dachte er. Er spähte verstohlen zum Schalter. Die Aufseherin hatte ihm noch immer den Rücken zugewandt, doch noch während er hinsah, drehte sie sich um.

Boba senkte schnell den Kopf.

Nicht weglaufen, dachte er, obwohl jeder Muskel in seinem Körper *,lauf!'* schrie.

Er ging langsam los. *Nicht umdrehen,* dachte er, obwohl er sich ausmalte, dass die Aufseherin sich jede Sekunde umdrehen und ihn anschreien würde, er solle stehen bleiben. Er ging so schnell und so leise er konnte. Mit gesenktem Kopf und der Karte in seiner schweißnassen Hand durchquerte er die Halle und ging geradewegs auf die Turbolifts zu, die zu den unteren Ebenen führten.

Nicht umdrehen, sagte er sich immer wieder. *Nicht umdrehen!*

Doch das war genau das, was er unbedingt tun wollte – sich umdrehen und schauen, ob Aurra Sing aus der *Slave I* ausstieg.

Sie müsste jetzt jede Minute zurückkehren.

Er zwang sich, einfach weiterzugehen. Dabei war das eines der schwersten Dinge, die er je getan hatte. Bobas Instinkt war immer auf Aktion gepolt – laufen, kämpfen oder jemanden austricksen, der ihn aufhalten wollte. Aber jetzt konnten ihn nur Lautlosigkeit und Unauffälligkeit retten.

Und die Fähigkeit, mit der Menge zu verschmelzen. Keine Aufmerksamkeit auf sich zu ziehen.

Boba sah auf den Boden, der kalt und rot glänzte und so sauber wie alles auf Aargau war. Vielleicht zwanzig Meter vor ihm war die Wand mit den Turbolift-Eingängen. Was hatte die Aufseherin noch gesagt? Boba versuchte, sich zu erinnern.

Als Besucher, die zum ersten Mal auf Aargau sind, habt Ihr Zugang zu den Ebenen Eins bis Drei. Dort werden Außenwelt-Bankkonten und Edelmetalle verwaltet. Eure Credits befinden sich auf einer dieser Ebenen.

Bobas Hand schloss sich enger um die glänzende Karte, die er vom Schalter geschnappt hatte. Wenn er damit Zugang zum Vermögen seines Vaters bekäme, könnte er alles für sich behalten – und Aurra Sing aus der Abmachung ausklammern!

Der Gedanke daran machte Boba wieder Hoffnung. Doch dann hörte er hinter sich plötzlich Schritte.

„He!", rief jemand. „Du da!"

Boba schnürte es die Kehle zu. Seine Hoffnung schwand schon wieder. Er hatte eine der obersten Regeln der Kopfgeldjäger vergessen: Unauffälligkeit.

Er hatte zugelassen, dass man ihn sieht.

„Du da!", ertönte die Stimme wieder. Es war eine vertraute Stimme. „Ich habe gesagt, du sollst warten!"

Bobas Herz hämmerte in seiner Brust. Er sah stur nach vorn, wo die Wand mit den Turbolift-Türen auf ihn wartete. Sie waren jetzt nur noch ein paar Meter entfernt. Es waren viele Türen und eine davon müsste sich demnächst öffnen. Wenn er dann sofort loslaufen würde, könnte er es schaffen.

Oder er würde gefangen – von wem auch immer, der da hinter ihm her war.

Boba drehte sich nicht um. Seine Hand krampfte sich um die glänzende Karte, den Schlüssel zu seinem rechtmäßigen Eigentum. Sein Herz klopfte so stark, dass ihm die Brust schmerzte. Ein paar Schritte vor ihm hörte er das Geräusch von Turboliften, die nach oben fuhren. Sie blieben langsam stehen, als sie die Sicherheitsebene erreichten.

„He!"

Die Stimme war jetzt direkt hinter ihm!

Lauf!, dachte Boba.

Die letzten paar Schritte rannte er. Genau vor ihm blinkte eine Reihe grüner Lichter über einer der Türen auf.

„*Nächster Halt: Sicherheits-Ebene Eins*", sagte eine mechanische Stimme. „*Bitte von den Türen zurücktreten.*"

Boba machte einen Satz nach vorn. Vor ihm schalteten die grünen Lichter auf rot um. Irgendjemand fasste ihn bei der Schulter. Boba starrte mit klopfendem Herz geradeaus nach vorn. Die Turbolift-Tür öffnete sich.

„*Sicherheitsebene Eins!*", wiederholte die mechanische Stimme. „*Bitte lassen Sie die Passagiere aussteigen.*"

Dutzende von Leuten verließen hastig den Turbolift. Boba schoss zwischen ihnen hindurch, bis er in der Liftkabine war. Er atmete schwer. Aber er war allein in dem Turbolift!

„Du da!", rief die seltsam vertraute Stimme.

Boba wirbelte herum.

„*Wir verlassen jetzt Sicherheitsebene Eins*", sagte die mechanische Stimme.

Die Tür schloss sich. Nur noch Zentimeter, dann wäre sie vollkommen geschlossen.

Boba atmete aus. Er war in Sicherheit!

Da warf sich mit einem Schrei eine kleine Gestalt durch den Spalt. Die Turbolift-Tür schloss sich endgültig. Boba schob schnell die glänzende Karte in die Tasche. Dann wich er an die Kabinenwand zurück und sah seinen Verfolger an.

Er saß in der Falle!

Kapitel 6

Boba stand mit dem Rücken zur Wand. Er hob die Hände, bereit zum Kampf.

Aber gegen wen musste er kämpfen? Oder gegen *was?* Boba hielt vor Schreck den Atem an.

Denn einen Augenblick lang glaubte er, in einen Spiegel zu sehen. Er sah sein eigenes Gesicht, seinen eigenen Körper und seine eigenen, zum Schutz erhobenen Hände. Sogar die Kleidung war dieselbe – dieselbe grau-blaue Tunika, dieselben hohen schwarzen Stiefel. Der einzige Unterschied bestand darin, dass der Junge, der Boba Fett anstarrte, einen Helm trug.

Aber es war nicht die Art von Helm, den die Klontruppen trugen und auch kein Mandalorianischer Helm. Es war ein brauner Helm mit vergoldeten Metalleinfassungen. Boba hatte schon tausende solcher Helme auf seiner Heimatwelt Kamino gesehen. Es war ein Schulungshelm, ein Teil der Ausrüstung, die junge Klone während ihrer Ausbildung trugen.

Boba starrte seinen Klonzwilling an.

Die beiden musterten einander vorsichtig, die Arme immer noch in Kampfhaltung erhoben. Nach einer Minute schüttelte der Klon den Kopf. Er streckte die Hand aus. Zum ersten Mal sah Boba, dass sein Gegenüber etwas in der Hand hielt.

„Das hast du fallen lassen", sagte der Klon. Er hielt es Boba hin. „Da drüben, am Sicherheitsschalter."

Boba schaute ungläubig drein. Es war sein Buch – das Buch, das ihm sein Vater hinterlassen hatte. Boba schüttelte den Kopf. Dann nahm er es dem anderen Jungen schließlich ab.

„Danke", sagte Boba. Er hatte sich so sehr darauf konzentriert, vor Aurra Sings Rückkehr zu verschwinden, dass er vergessen hatte, das Buch mitzunehmen. Er sah den Jungen an und rang sich ein Lächeln ab. Zu seiner Überraschung lächelte der Junge zurück.

„Ich dachte, es könnte vielleicht wichtig sein", sagte der Klon. „Ich bin froh, dass ich dich noch eingeholt habe."

Der Turblift fuhr langsam und lautlos nach unten. Über der Tür zeigte eine Reihe von blinkenden Lampen an, dass sie sich Ebene Zwei näherten, die tausende von Metern unterhalb der ersten Ebene lag. Boba packte das Buch in seine Tasche, zu der glänzenden Karte. Der Klonjunge sah ihn neugierig an.

„Du trägst keinen Helm", sagte der Klon. Er tippte gegen seinen eigenen. „Bist du ein Gerader oder ein Ungerader?"

„Ein Gerader oder ein Ungerader?", wiederholte Boba. „Was meinst du damit?"

Dann erinnerte er sich.

Alle jungen Klone waren durchnummeriert. Und alle trugen Schulungshelme so wie dieser Junge einen trug. Der einzige Unterschied bestand darin, dass ein paar der Helme goldfarbene Teile hatten. Klone mit ungeraden Nummern trugen goldene. Klone mit geraden Zahlen trugen normale Helme.

Der Helm dieses Klons war teilweise vergoldet. Er war also ein Ungerader. Er starrte Boba noch immer an und wartete geduldig auf eine Antwort.

„Oh“, sagte Boba schließlich. „Ich bin, äh, so wie du. Ungerade.“

Der Klonjunge nickte ernst. „Wird dein Helm auch gerade repariert?“ Er tippte wieder gegen seinen Helm und verzog das Gesicht, als ein Rauschen aus dem Kopfhörer ertönte. Das Geräusch war so laut, dass sogar Boba es hören konnte.

„Deshalb bin ich hier“, fuhr der Klon fort. „Ich hätte mit den anderen an Bord bleiben sollen. Aber mein Helm funktioniert nicht richtig. Unser Commander sagte, es wäre besser, ich würde ihn hier auf der Tech-Support-Ebene reparieren lassen.“

„Tech-Support?“, fragte Boba.

„Ebene Drei. Dort werden alle Reparaturen vorgenommen.“ Er sah Boba an und runzelte zum ersten Mal leicht die Stirn. „Du müsstest das eigentlich wissen. Dein Helm *muss* eine Fehlfunktion haben.“

Boba wusste, dass die Schulungshelme einen konstanten Datenstrom empfingen, den die jungen Klone aufnahmen.

Einige dieser Informationen wurden durch die Kopfhörer in gesprochener Form abgegeben. Andere wurden als Bilder versendet und auf einem kleinen Display gezeigt, das aus dem Helm hervorragte und das linke Auge des Klons verdeckte. Klone entwickelten sich doppelt so schnell wie normale Menschen. Auch ihre Körper wuchsen doppelt so schnell und durch den Gebrauch der Schulungshelme entwickelten sich ihre Gehirne in derselben Geschwindigkeit.

„Das stimmt", sagte Boba zögerlich. „Ich war gerade auf dem Weg nach unten, um nachzusehen, ob er schon repariert ist."

Der Klon nickte. Er lächelte wieder und Boba fragte sich, ob seine Höflichkeit nur eine Folge seiner Fehlfunktion war. Klone zeigten normalerweise keine Gefühle.

Und obwohl es hunderte, tausende von ihnen gab, waren sie doch immer einsam.

Wie ich, dachte Boba, etwas überrascht angesichts dieser Erkenntnis. Er lächelte zum ersten Mal zurück.

„Ich bin 9779", sagte der Klon. „Was hast du für eine Nummer?"

Boba dachte sich schnell eine aus. „1313", sagte er dann.

„Ich stamme aus der Fünftausender-Generation", fuhr der Klon fort. „Du auch?"

„Äh, ja", sagte Boba. Er hoffte, dass er keine weiteren Fragen mehr beantworten musste. Und doch war er selbst neugierig. „Weshalb sind all die Truppen hier auf Aargau?", fragte er.

„Du meinst, weshalb sind wir hier?" 9779 sah ihn überrascht an. „Du solltest wirklich deinen Helm reparieren lassen, wenn du das nicht mehr weißt! Es gibt Gerüchte, dass sich hier auf Aargau Separatisten herumtreiben. Dies ist ein neutraler Planet, aber wir Klonsoldaten sollen ein Auge auf sie werfen. Nur für den Fall, dass es Schwierigkeiten gibt."

Nur für den Fall, wiederholte Boba in Gedanken. Er fragte sich, weshalb die Armee wohl Klone schickte, deren Ausbildung noch nicht abgeschlossen war. Dies musste ein Teil der Ausbildung sein: auf eine relative stabile Welt zu gehen und zu lernen, wie man patrouilliert und sich verteidigt.

„Wir nähern uns jetzt Ebene Zwei", sagte die mechanische Stimme des Turbolifts. „Bitte von den Türen zurücktreten."

9779 trat gehorsam zur Seite. Boba wollte auf die Tür zugehen, bevor sie sich öffnete, doch der Klon hielt ihn zurück.

„Hast du schon vergessen?", fragte 9779 mit ernstem Gesicht. „Wir fahren zur Ebene Drei. Du musst doch deinen Helm abholen!"

„Oh … äh …", stotterte Boba. „Ich, äh …"

Doch in diesem Moment ging die Tür auf. Und Boba musste nicht weiter über den Satz nachdenken *Für den Fall, dass es Schwierigkeiten gibt*.

Denn die Schwierigkeiten waren schon da. Draußen vor der Tür des Turbolifts stand …

… Aurra Sing!

Kapitel 7

Boba schoss sofort zur Seite und hinter 9779. Der Klon blieb einfach stehen, als eine kleine Gruppe von Leuten wartete, um in den Turbolift einzusteigen. Vor der Gruppe stand Aurra Sing mit wütender Miene. Als sie 9779 sah, lachte sie triumphierend.

„Da bist du ja!“, krähte sie und machte einen Satz auf den Klon zu.

„He!“, sagte 9779 völlig verwirrt, als Aurra Sing ihn am Arm packte.

„Tut mir Leid“, sagte Boba fast unhörbar zu dem Klon. „Aber hier muss ich raus.“

Es drängten jetzt noch andere Leute in den Turbolift. Bevor Aurra Sing ihn sah, zwängte sich Boba zwischen den Neuankömmlingen hindurch auf Ebene Zwei hinaus. Er hörte, wie hinter ihm der Protest des Klons lauter wurde.

„... lasst mich los! Ich sorge dafür, dass Ihr ausgewiesen werdet!“

„Ich habe gesagt, du sollst auf mich warten!“, rief Aurra Sing wütend. „Hast du geglaubt, du könntest das Geld für dich behalten?“

Genau!, dachte Boba. Er ging schnell von dem Turbolift weg. *Genau das habe ich gedacht!*

Die mechanische Stimme machte ihre letzte Ansage, dann schloss sich die Metalltür wieder und der Turbolift fuhr auf die nächsttiefere Ebene hinunter.

Boba war wieder allein.

Und wie gut ihm das gefiel!

Er prüfte schnell, ob er das Buch seines Vaters und die Info-Karte noch bei sich hatte.

Er hatte beides noch. Boba strich sich die Haare zurecht und wünschte sich einmal mehr, dass er den Mandalorianischen Kampfhelm bei sich hatte, um sich zu tarnen. Er war nicht sicher, ob er noch einmal für einen Klon gehalten werden wollte. Beim nächsten Mal hätte er vielleicht nicht mehr so viel Glück. Er blieb stehen und sah sich um.

Er befand sich in einem langen, grün schimmernden Tunnel. Eigentlich strahlte alles um ihn herum in einem grünen Licht: die Wände, der Boden und sogar die Leute.

Und überall waren Leute. Tausende! Er sah Mitglieder jeder Spezies, die er sich nur vorstellen konnte: Gotals, Twi'leks, Dugs, Ihtorianer und noch viele mehr – auch Spezies, die er nicht kannte. Immer wieder waren einzelne Klonkrieger zu sehen. Sie waren in ihrer stromlinienförmigen weißen Panzerung leicht zu erkennen. Aber sogar sie leuchteten hier auf Ebene Zwei grün.

Doch die meisten Wesen, die er sah, gehörten dem Intergalaktischen Bankenclan an. Es waren große, dünne Gestalten in betont einfachen Uniformen. Ihre Gesichter waren schneeweiß und ihre Wangen eingefallen wie die ihres Anführers San Hill, den Boba auf Geonosis gesehen hatte. Boba wusste, dass die Mitglieder des Bankenclans niemals nach draußen gingen. Sie verbrachten ihr ganzes Leben drinnen und verwalteten ihre riesigen Vermögen.

Wenn ich reich wäre, würde ich mein Leben nicht drinnen verbringen, dachte Boba.

Nein, nicht wenn ich reich WÄRE …

… sondern wenn ich reich BIN!

Er steckte die Hand in die Tasche und berührte die glatte Karte, die ihn zu dem Vermögen führen würde.

Wenn er nur wüsste, wo er danach suchen musste!

Aber wo sollte er anfangen?

Boba runzelte die Stirn. Dann hörte er hinter sich die mechanische Stimme des Turbolifts.

„Nächster Halt: Ebene Zwei.“

Oh-Oh. Jetzt war es erst einmal wichtig zu verschwinden, bevor Aurra Sing bemerkte, dass er sie in die Irre geführt hatte. Er sah sich um.

Ebene Zwei war viel größer als Ebene Eins. Es gab einen zentralen Bereich, in dem Boba jetzt stand. Und von diesem zentralen Bereich führten Tunnels in alle Richtungen. Es waren hunderte grün leuchtender Tunnels mit Transportbändern. Ein nicht enden wollender Strom von Leuten kam aus den Tunnels und verschwand dann wieder in ihnen. Sie betraten die Transportbänder, die sie in alle möglichen Richtungen führten.

Aber wohin?

Boba ging ein gutes Stück von dem belebten Bereich am Turbolift weg. Er ging auf einen der Tunneleingänge zu. Darüber hing ein Schild.

ERSTE KÖNIGLICHE BANK VON M'HAELI

Boba drehte sich um und sah den nächsten Tunnel an.

UNABHÄNGIGE BOTHANISCHE SCHATZKAMMERN

„Hä?", sagte er. Er sah sich den nächsten Tunnel an und dann noch einen.

ZUTRITT NUR FÜR DIE BANKEN VON N'ZOTH
EINGETRAGENE BANK VON AMMUUD
FIRMENZENTRALE

„Banken", murmelte Boba vor sich hin. „Es sind alles Banken."

Dazu waren die Tunnels also da. Jeder Tunnel führte zu einer Bank oder einer Schatzkammer, die zu einem bestimmten Planeten gehörte. Er drehte sich langsam im Kreis und sah die vielen Tunnels an, die sich in alle Richtungen erstreckten.

Es waren nicht nur hunderte. Die Galaxis bestand aus unzähligen Planeten. Und wenn nur ein paar davon eine Niederlassung auf Aargau hatten, dann könnten es *tausende* sein!

Wie sollte er jemals herausfinden, auf welcher dieser Banken das Vermögen seines Vaters lag?

Boba tastete nach der Karte in seiner Tasche. Um ihn herum floss ein beständiger Strom der verschiedensten Wesen. Niemand achtete auf ihn. Er steckte seine Karte wieder in die Tasche und holte langsam das Buch seines Vaters hervor.

Es war eigentlich nicht einfach nur ein Buch. Boba ging an einen ruhigen Ort, ein wenig von einem der Tunnels entfernt. Dort öffnete er das schwarze Buch.

In dem Buch gab es keine Seiten, dafür aber ein Nachrichten-Display. Als er es zum ersten Mal geöffnet hatte – nach dem Tod seines Vaters – hatte er darauf das Gesicht seines Vaters gesehen und dessen Stimme gehört.

„Es gibt drei Dinge, die du jetzt, nachdem ich nicht mehr da bin, brauchst", hatte die Stimme seines Vaters gesagt. „Das erste ist Unabhängigkeit. Dazu musst du Tyranus finden, um an die Credits zu kommen, die ich für dich zur Seite gelegt habe. Das zweite ist Wissen. Dazu musst du Jabba finden. Er wird es dir aber nicht geben; du musst es dir nehmen. Das dritte und wichtigste ist Macht. Du wirst sie überall um dich herum finden, in vielen Formen. Aber sei vorsichtig, manchmal ist sie gefährlich. Und noch etwas, Boba: Halte dich an das Buch. Behalte es immer bei dir. Öffne es, wenn du es brauchst. Ich werde dich beim Lesen führen. Es ist keine Geschichte, sondern ein Weg. Folge diesem Weg und du wirst eines Tages ein großer Kopfgeldjäger werden."

Halte dich an das Buch. Boba biss sich reumütig und wütend auf die Lippe. Wie hatte er es nur auf Ebene Eins liegen lassen können? Hätte Klon 9779 es nicht gefunden …

Boba schüttelte den Kopf. Er hatte keine Zeit, darüber nachzudenken.

Aber, dachte er, *wenn ich diesen Klon jemals wiedersehe, schulde ich ihm einen Gefallen.* Einen richtig, richtig großen.

Kapitel 8

Boba sah sich um. Er konnte die Turbolifts von hier kaum sehen, weil viele Leute ihm die Sicht versperrten. Das bedeutete aber auch, dass Aurra Sing Schwierigkeiten haben würde, ihn zu sehen, zumindest eine Zeit lang. Er blickte von einem Tunnel zum anderen. Sie leuchten alle silbergrün im bedrückenden Licht von Ebene Zwei.

War in einem davon das Vermögen versteckt?

Es war wie ein Puzzle. Nein – es war wie ein Labyrinth. Ein Irrgarten. Und unter dieser Ebene lag noch eine Ebene und noch eine, Ebenen um Ebenen, die sich kilometertief bis hinunter auf die Oberfläche von Aargau erstreckten, wo die Unterstadt lag. Selbst wenn er es schaffen würde, seine Credits zu bekommen, wie sollte er sich hier jemals zurechtfinden? Würde er jemals Ebene Eins und das Schiff wiederfinden?

Irrgärten über Irrgärten. Sein Vater hatte ihm einmal erzählt, wie er gefangen und in einem unterirdischen Labyrinth auf Belsavis eingesperrt worden war. Und dann noch einmal auf Balmorra. Ein tödliches, skorpionartiges Kretch-Insekt hatte ihn durch die Tunnels gejagt.

„Und wie bist du entkommen?", hatte Boba damals atemlos gefragt.

„Indem ich einen kühlen Kopf bewahrt habe", hatte sein Vater geantwortet. „Irrgärten sind angelegt, um dich zu verwirren. Um dir die Orientierung zu rauben. Aber sie besitzen immer eine Logik. Immerhin hat sie ja irgendjemand entworfen. Und wenn es dir gelingt, ruhig zu bleiben und nachzudenken, wirst du immer den Ausweg finden – wenn du genug Zeit hast."

Boba schüttelte den Kopf. Er sah die unzähligen Tunnels an, die ihn umgaben.

Niemand würde jemals genug Zeit haben, um jeden einzelnen von diesen Tunnels zu erkunden!

Er warf einen Blick auf das Buch, das er noch immer in den Händen hielt.

Öffne es, wenn du es brauchst, hatte sein Vater gesagt.

Na denn, jetzt brauche ich es auf jeden Fall!, dachte Boba und öffnete es.

Das Display war grau und leer. Aber langsam erschienen Buchstaben darauf.

BITTE NIEMALS UM HILFE, stand da.

Boba las die Mitteilung ein paar Mal durch. Schließlich schloss er das Buch und steckte es wieder in seine Tasche.

Bitte niemals um Hilfe. Er sah sich zwischen den tausenden silbergrünen Tunnels um. Wenn er hier nicht nach Hilfe fragen würde, wie sollte er denn jemals den Weg finden?

„Entschuldige bitte“, sagte eine piepsende Stimme neben ihm.

Boba zuckte zusammen und streckte die Hände in Kampfposition aus. Neben ihm stand eine kleine Gestalt, die nicht einmal so groß war wie er selbst. Sie hatte ein fast affenartiges, blassgelbes Gesicht und große Spitzohren, die zu beiden Seiten des Kopfes wie Flügel nach unten hingen. Das Wesen trug eine einfache, gelbe Hose und eine Weste über einem ebenfalls gelben Hemd. Seine Hände und das Gesicht waren von kurzem, weichem Fell bedeckt.

Es war ein Bimm, wie Boba jetzt erkannte. Ein Eingeborener des Planeten Bimmisaari.

„Mir scheint, dass du ein wenig verwirrt bist“, fuhr der Bimm in dem für seine Spezies typischen Singsang fort. „Kann ich dir irgendwie behilflich sein?“

„Äh“, stammelte Boba. Dann fiel ihm wieder ein, was im Buch seines Vaters gestanden hatte.

Bitte niemals um Hilfe.

Boba sah nervös zu den Turbolifts hinüber, wo immer mehr Passagiere auf Ebene Zwei ausstiegen.

Konnte dieser rot-weiße Schatten – so schnell wie ein Blitz – Aurra Sing sein? Oder bildete er sich das nur ein?

„Ich bin Nuri“, sagte der Bimm. „Ein unabhängiger Geldwechsler.“ Nuri deutete auf die Massen von Wesen, die sie umgaben. „Ganz schön verwirrend, nicht? Vor allem, wenn man zum ersten Mal auf Aargau ist. Ist dies vielleicht dein erster Besuch hier?“

Boba sah Nuri misstrauisch an. Doch der Singsang in der

Stimme des Bimm klang freundlich und seine kleinen Augen strahlten Wärme aus. Abgesehen davon war Boba einen ganzen Kopf größer als das kleine Wesen. „Ja“, gab Boba zögernd zu. „Das ist mein erster Besuch hier auf Aargau.“

Der Bimm nickte weise. „Das dachte ich mir schon. Es gehört zu meinem Geschäft, Leuten wie dir zu helfen. Ihnen den Aufenthalt hier zu erleichtern. Besucher aus der ganzen Galaxis kommen nach Aargau ...“

Nuri streckte die Hand aus. Eine Gruppe bunt gekleideter Mrissi ging an ihnen vorüber. Ihre hell leuchtenden Federn ragten unter langen Roben hervor. Eine Formation von Sicherheitswachen, die sich aufmerksam umsahen, folgte ihnen. Hinter den Wachen gingen noch mehr Mitglieder des Bankenclans.

Diese Gruppe schien sich allerdings von den anderen des Clans zu unterscheiden. Boba betrachtete sie mit einem Stirnrunzeln. Da waren zum einen noch mehr schwer bewaffnete Wachen und zum anderen Sicherheits-Droiden – eine ganze Menge S-EP1er. Zwischen all diesen Wesen und Droiden ging ein sehr großer, sehr dünner Mann mit hagerem Gesicht. Er wurde von zwei grau uniformierten Lieutenants flankiert.

„Das ist San Hill“, sagte Nuri leise. „Er ist der Vorsitzende des Intergalaktischen Bankenclans.“

„Er sieht wie ein großes Stabinsekt aus“, sagte Boba. Er wollte den Bimm nicht wissen lassen, dass er San Hill schon einmal gesehen hatte.

Nuri versuchte, ein Lächeln zu unterdrücken. „Vielleicht.

Aber er ist einer der mächtigsten Männer der Galaxis. Seine Anwesenheit hier ist in der Tat sehr interessant."

Sie drehten sich um und beobachteten, wie die Gruppe in einem der unheimlichen grünen Tunnels verschwand.

Als sie verschwunden waren, fuhr Nuri fort. „Jetzt aber genug davon!" Der Bimm legte eine kleine, fellbedeckte Hand auf Bobas Schulter. „Sag mir, welches Geschäft dich nach Aargau geführt hat."

Boba wollte antworten, aber die Worte blieben ihm im Hals stecken. Aus dem Augenwinkel sah er gerade wieder einen rot-weißen Schatten auf der anderen Seite der geschäftigen Ebene.

Und dieses Mal hatte er keinen Zweifel, dass es sich um Aurra Sing handelte.

Kapitel 9

Der Bimm blickte besorgt drein. „Was ist denn?", fragte er.

Boba gab keine Antwort. Er bewegte sich ganz langsam rückwärts, wobei er halb in die Knie ging. Nuri drehte sich um und ließ den Blick über die Masse der Wesen schweifen, die sich überall um sie herum bewegten. Nach einem kurzen Augenblick atmete er tief ein.

„Du hast dir aber einen ganz beeindruckenden Feind ausgesucht, junger Mann", sagte er mit seiner flötenden Stimme. Auf der anderen Seite der großen Halle war Aurra Sings muskulöse Gestalt zu sehen. Sie stand in der Nähe der Turbolifts und ließ den Blick über die Halle schweifen. Nuri schaute Boba an und machte dann einen Schritt zurück, sodass er neben ihm stand. „Eine Kopfgeldjägerin! Und nicht irgendeine, sondern die legendäre Aurra Sing!"

Boba sah zu dem Bimm hinunter. Er musste überrascht feststellen, dass das kleine Wesen nicht verängstigt aussah. Stattdessen schien er eher beeindruckt zu sein.

Boba fühlte sich etwas besser. „Ja", sagte er. „Ich, äh, hatte geschäftlich mit ihr zu tun. Ihr müsst wissen, dass ich auch ein Kopfgeldjäger bin. Oder zumindest werde ich einer sein, wenn …"

Der Bimm hob eine seiner Fellhände. „Du brauchst kein Wort mehr zu sagen. Dein Wohlergehen ist mir ein Anliegen. Aber ich schlage vor, dass wir darüber an einem anderen Ort reden!"

Der Bimm packte Boba schnell am Arm. „Hier entlang", sagte Nuri. Er zeigte auf einen kleinen dunklen Durchgang ganz in der Nähe.

Boba warf einen Blick über die Schulter. Aurra Sing war verschwunden. Dort, wo sie gestanden hatte, stand jetzt ein Sicherheits-Droide.

„Oh nein!", murmelte Boba. Panik überkam ihn. Aurra konnte überall sein, hinter irgendjemandem stehen …

Er hatte einen Moment lang nicht aufgepasst. Und seine Unachtsamkeit könnte ihn sein Vermögen kosten – oder sein Leben.

„Schnell!", flüsterte Nuri. „Komm!"

Boba zögerte. Er wusste nichts über dieses kleine, spitzohrige Wesen. Nuri sah wirklich harmlos aus, aber …

Doch Boba hatte keine andere Wahl. Wenn er hierbleiben würde, würde er mit Aurra Sing Versteck spielen, mit einem Haufen Klonkrieger als Zuschauer.

„Also gut", sagte Boba. Er folgte Nuri in den dunklen Durchgang. „Ich komme mit."

Im Gegensatz zu den anderen Tunnels war dieser eng und

düster. Die Decke war niedrig, die Wände waren gewölbt. Über dem Eingang hing kein blinkendes Schild, das den Tunnel benannte. Dafür war in der Wand neben dem Zugang ein Feld mit vielen Tasten eingelassen. Als Nuri auf einige der Tasten drückte, versuchte Boba, sich die Reihenfolge einzuprägen. Einen Augenblick später glitt die Wand zur Seite und gab den Blick auf einen zweiten, bislang versteckten Eingang frei.

„Hier entlang", sagte Nuri. Er ging geduckt in den Eingang, Boba an seinen Fersen.

Die Tür schloss sich hinter ihnen. Boba richtete sich blinzelnd auf. Sie befanden sich in einem kleinen, kreisrunden Raum. Anstatt des bedrückenden grünen Lichtes, das die Ebene Zwei erleuchtete, gab es hier ein angenehmes gelbes Licht. Es war beinahe so beruhigend wie Nuris Stimme.

„Wo sind wir hier?", fragte Boba.

Der Bimm starrte zu ihm hoch. Seine schwarzen Augen verengten sich zu Schlitzen. „Ich werde deine Frage gleich beantworten, junger Freund", sagte er leise. „Aber zuerst musst du meine beantworten."

Boba schluckte. Seine Hand wanderte vorsichtig in seine Tasche. Der Blick des Bimm folgte der Bewegung. Boba ertastete die Karte in seiner Tasche, holte sie aber nicht heraus.

Das war auch gar nicht nötig. Der Bimm hatte schon erraten, was es war. Er sah zu Boba auf und ein Lächeln breitete sich über seinem Gesicht aus.

„Ah!", sagte Nuri. „Ich verstehe. Du hast eine Filocard. Du bist hierhergekommen, um Geld zu tauschen – oder, um

Geld abzuheben, das auf einer der Banken liegt. Darf ich deine Karte einmal sehen?"

Boba schüttelte den Kopf. Seine Finger schlossen sich um die Karte in seiner Tasche. Er spürte, wie sich Schweiß auf seiner Stirn bildete. Worauf war dieses Wesen *wirklich* aus?

Er betrachtete Nuri genau. Boba war größer, als dieses Wesen. Und stärker.

Doch dann fiel Boba wieder ein, wo er sich befand: in einem seltsamen Tunnel auf einem fremden Planeten. Selbst wenn er dem Bimm entkommen könnte, wohin sollte er dann gehen?

Als hätte er Bobas Gedanken gelesen, hob der Bimm die Hand. Er sah Boba sanft an. „Du verstehst nicht recht, junger Sir! Ich bin kein Dieb! Ich bin hier, um dir meine Dienste anzubieten, das ist alles. Ich kann dir helfen, an deine Credits zu kommen!"

Der Bimm starrte auf Bobas Tasche. Eine Ecke der Karte schaute daraus hervor. Sie glänzte in dem dunklen Raum.

„Das ist mein Beruf", sagte Nuri. „Ich helfe Besuchern. Gegen ein kleines Entgelt natürlich."

Boba zögerte. Wenn der Bimm versuchen würde, ihm die Karte zu stehlen, könnte Boba ihn niederschlagen. Er könnte Nuri zwingen, zu tun, was *er* wollte.

Das war es doch, was Kopfgeldjäger taten. Leute fangen.

Dabei schien Nuri nicht gefährlich zu sein. Eher freundlich. Er sah tatsächlich so aus, als wollte er Boba helfen. Als wollte er – wie hatte der Bimm es selbst gesagt – *seine Dienste anbieten*.

Konnte Boba ihm vertrauen?

Boba fiel der Traum wieder ein, den er über seinen Vater geträumt hatte. *Der* Traum.

„Vertraue niemandem, aber benutze jeden."

Boba sah dem Bimm in die leuchtenden, freundlichen Augen. Er zog langsam die Karte aus der Tasche und nickte.

„Okay", sagte er. Er hielt ihm die Karte hin und sah ihn streng an. „Aber denkt immer daran – ich bin ein Kopfgeldjäger. So wie Aurra Sing. Ihr würdet sie doch nicht wütend machen wollen, oder? Also *denkt* nicht mal daran, mich hinters Licht führen zu wollen."

Kapitel 10

Der Bimm starrte Boba an. Dann verneigte er sich respektvoll. „Natürlich nicht, junger Sir. Ich bin hier, um dir zu helfen – gegen ein gewisses Entgelt, wie ich schon sagte."

Nuri nahm Boba die Karte ab. Die Finger des Bimm fühlten sich weich und sehr, sehr warm an. Boba runzelte leicht die Stirn. „Und wie hoch ist dieses Entgelt?"

Nuri hielt die Karte in das sanfte gelbe Licht des Tunnels. Er betrachtete sie aufmerksam. „Das kommt drauf an", sagte er.

Boba ging näher an ihn heran. Er versuchte zu erkennen, was das Wesen auf der Karte sah. „Worauf?"

„Darauf, wie viel diese Karte wert ist." Nuri hielt die Karte hoch. „Ich kann arrangieren, dass du dein Geld bekommst. Ohne, äh, Komplikationen."

Der Bimm warf einen bedeutungsvollen Blick auf die Tür, die zur Ebene Zwei hinaus führte. Boba wusste, dass er mit „Komplikationen" Aurra Sing meinte.

„Und wie soll das gehen?", wollte Boba wissen.

Nuri zuckte mit den Schultern. „Indem man keine Aufmerksamkeit erregt. Ich bin sicher, dir ist schon aufgefallen, dass es auf Aargau eine Menge Regeln gibt."

Boba nickte. „Das habe ich schon bemerkt", sagte er.

„Na ja, ein paar von uns – viele von uns – haben sich ihre eigenen Regeln gemacht. Wie auch immer. Ich habe dir mein Vertrauen erwiesen, junger Sir, indem ich dir meinen Namen gesagt habe. Aber bevor ich die prüfe ..." Er hielt die glänzende Karte hoch. „... muss ich *dir* vertrauen können. Ich muss wissen, dass du nicht gefährlich bist oder ob du gesucht wirst. Ich *muss* deinen Namen wissen."

Boba nickte langsam. Er dachte nach.

Er musste es einfach zugeben: Die Vorstellung, dass ihn irgendjemand für gefährlich hielt, gefiel ihm. Es gab ihm das Gefühl, Macht zu haben. Es gab ihm das Gefühl, ein Geheimnis zu besitzen.

Und so war es auch. Er wusste, dass Count Tyranus und Count Dooku ein und dieselbe Person waren. Das war ein gefährliches Geheimnis – aber es verlieh ihm Macht.

Und er war der Einzige, der dieses Geheimnis kannte.

Und er wurde gesucht – gesucht von Aurra Sing!

Boba sah Nuri wieder an. Der Bimm hielt noch immer die Karte hoch und wartete.

„Ich heiße Boba Fett", sagte Boba stolz.

Der Bimm starrte ihn an. Dann verneigte er sich. „Boba, Sir", sagte er. „Ich bin stolz, dich kennen zu lernen."

Boba verneigte sich ebenfalls, wenn auch etwas unbeholfen. „Ganz meinerseits, Nuri."

Der Bimm richtete sich wieder auf. Er tat plötzlich wieder sehr geschäftlich.

„Also dann", sagte Nuri und öffnete seine blassgelbe Weste. Darunter kam ein dicker Ledergürtel zum Vorschein. Daran war ein kleines, rechteckiges Objekt befestigt: wohl ein Computer.

Nuri machte sich daran zu schaffen, und das Gerät blinkte sofort auf. Er hob die Karte hoch und schob sie in die Oberseite des Computers. Der kleine Apparat piepte und blinkte. Ein kleines silberfarbenes Display leuchtete auf. Es erschienen Zahlen und Buchstaben, die Boba nicht entziffern konnte.

Muss Bimmsaarii sein, dachte er.

Nuri schaute auf das Display und las es ab. Er hob überrascht die felligen Augenbrauen. „Sieh mal an! Du bist ja ein recht vermögender junger Kopfgeldjäger, Boba Sir! Dir gehört ja eine ganze Menge!"

Boba nickte. „Ich weiß."

„Hier steht, dass dieses Vermögen für dich von jemandem namens Jango Fett angehäuft wurde", fuhr der Bimm fort. „Dein Vater?"

„Ja", sagte Boba.

„Ist er auch hier? Er ist die einzige andere Person, der der Zugang zu diesem Vermögen gestattet ist."

Boba schüttelte den Kopf. „N... nein", sagte er. Er konnte die Traurigkeit in seiner Stimme nicht überspielen. „Er ... er ist nicht hier."

Der Bimm sah zu ihm hoch, Mitgefühl und Verständnis in den Augen. „Ich verstehe", sagte er. Er schien einen Moment nachzudenken und sah zuerst Boba und dann die Karte an.

„Diese Aurra Sing“, sagte er schließlich. „Die hätte ich nicht unbedingt gern an den Fersen. Sie hat eine Menge Leute umgebracht. Auch viele mächtige. Wir hier auf Aargau sind neutral. Aber wir sind nicht dumm. Und wir fühlen mit denen, die Hilfe brauchen.“

Er lächelte Boba an und hielt ihm die Karte hin. „Hier, Boba, Sir. Ich werde dir helfen, an dein Vermögen zu kommen. Für meine Dienste ist eine kleine Gebühr fällig, aber du brauchst mich nicht im Voraus zu bezahlen. Ich werde den Betrag von deiner Karte abheben.“

Boba sah ihn an. „Danke“, sagte er. Er nahm die Karte und steckte sie wieder in seine Tasche. „Habt Ihr herausgefunden, auf welcher Bank das Vermögen liegt?“

„Nein.“ Nuri rieb sich das Kinn. „Um diese Information zu bekommen, müsstest du zu Ebene Eins zurückgehen, an den Sicherheitsschalter.“

Bobas Hoffnung schwand. Er sah die Tür an, die auf Ebene Zwei führte.

Irgendwo dort draußen wartete Aurra Sing auf ihn.

Und wie er sie kannte, würde sie einen Weg finden, an eine Waffe zu kommen – egal ob es erlaubt war oder nicht.

Boba drehte sich wieder zu Nuri um. „Gibt es denn keine andere Möglichkeit?“, fragte er. „Ich meine, außer dort hoch zu gehen?“

Der kleine Bimm lächelte. Er legte beruhigend eine Hand auf Bobas Arm. „Boba, Sir, ich habe dir schon gesagt, dass hier auf Aargau einige von uns eigene Regeln haben. Und so haben wir auch einen besonderen Ort. Einen Ort, an dem die anderen Regeln nicht gelten – aber unsere."

Er drehte sich um und deutete auf den düsteren Gang hinter ihnen. „Ich kann dich an diesen Ort bringen, wenn du möchtest."

Boba sah zuerst den Bimm und dann den Gang an. Er spürte, wie sich ihm vor lauter Aufregung und Angst die Nackenhaare sträubten. „Und wie heißt dieser Ort?", fragte er.

Nuri warf einen Blick in die Dämmerung des Durchgangs und lächelte – ein seltsames, wissendes Lächeln.

„Er heißt", sagte er, „Unterstadt."

Kapitel 11

„Die Unterstadt?“, wiederholte Boba Nuris Worte. „Aber …“

Er hielt inne und rief sich in Erinnerung, was man ihm auf Ebene Eins erzählt hatte.

In der Unterstadt gibt es einige zwielichtige Gestalten, hatte die Aufseherin ihn gewarnt. *Sie ist furchtbar gefährlich, vor allem angesichts der jüngsten Kämpfe gegen die Separatisten.*

Und jetzt wollte Nuri ihn dort hinführen!

Schon der Gedanke ängstigte Boba. Doch dann fiel ihm wieder ein, was sein Vater immer gesagt hatte.

Angst ist Energie, hatte Jango ihm beigebracht. *Und du kannst lernen, sie zu kontrollieren. Wenn du dich konzentrierst, kannst du deine Energie umwandeln – von Angst in Begeisterung. Und dann kannst du deine Energie benutzen, anstatt von ihr benutzt zu werden.*

Boba konzentrierte sich. Er schloss die Augen. Er konnte seinen Herzschlag hören. Er konnte seine Angst spüren.

Er holte tief Luft, zählte bis drei und atmete dann wieder langsam aus.

Das ist Energie, dachte er. *Und ich kann sie kontrollieren.*

Einatmen. Ausatmen.

Schon spürte er, wie sein Herzschlag sich verlangsamte. Er wurde ruhiger. Er gewann wieder die Kontrolle über sich zurück.

Er hatte keine Angst mehr, sondern war begeistert.

„Okay!", sagte er und öffnete die Augen. Nuri stand ein paar Schritte entfernt vor ihm. „Ich bin bereit! Worauf warten wir noch?"

Nuri lächelte. „Hier entlang", sagte er und zeigte auf den Durchgang.

Boba folgte ihm. Der Gang beschrieb einige Kurven und Biegungen. Gelb leuchtende Röhren wiesen ihnen den Weg. Immer wieder sahen sie kleine Holoschilder mit Symbolen, die Boba nicht lesen konnte. Die Farbe der Abbildungen änderte sich im Laufe ihres Weges von Rot nach Grün und von Blau nach Lila. Es schmerzte geradezu in den Augen, sie anzusehen. Nach einer Weile konzentrierte sich Boba nur noch auf Nuris Rücken und auf sonst nichts.

Nach ungefähr fünf Minuten blieb der Bimm stehen. Im Boden vor ihm war eine schwere, runde Metalltür eingelassen. Nuri bückte sich und hob die Tür angestrengt an. Er richtete sich auf, wartete, bis er wieder zu Atem gekommen war und sah dann Boba an.

„Gleich werden wir unseren Abstieg zu den untersten Ebenen von Aargau beginnen", sagte er. „Zur eigentlichen

Oberfläche des Planeten. Es sind die Reste einer riesigen Stadt. Sie wurde vor Millionen von Jahren von den Ureinwohnern Aargaus gebaut. Die Pyramide wuchs darauf, Ebene um Ebene, im Verlauf von tausenden von Jahren. Aargau ist jetzt ein hoch zivilisierter Planet. Und wie ich schon sagte, gibt es hier eine Menge Regeln. Aber das war nicht immer so."

Jetzt wurde Nuris Gesichtsausdruck ernst. „In der Unterstadt haben die Leute oft nicht so guten Manieren wie hier oben. Ein Besuch dort ist gefährlich. Manchmal tödlich."

Boba schluckte. Er versuchte, tapfer zu erscheinen – obwohl er sich alles andere als tapfer *fühlte*.

Aber das war in Ordnung so. Er war aufgeregt. Er tat gerade etwas, was er noch nie zuvor getan hatte! Und er tat es allein.

Na ja, beinahe jedenfalls. Er sah Nuri an und lächelte. „Ich schaffe das schon", sagte er.

Nuri legte den Kopf zur Seite. „Du hast keine Angst?"

Boba zuckte mit den Schultern. „Doch. Habe ich. Aber ich habe meinen Entschluss nicht geändert. Ich möchte noch immer gehen."

Nuri schien zufriedenen zu sein. „Gut so. Seine Angst zuzugeben ist gut. Es macht einen vorsichtig. Und Unvorsichtigkeit hat in der Unterstadt mehr Leute umgebracht als alles andere."

Nuri rieb sich das Kinn und sah Boba nachdenklich an.

„Und abgesehen davon", sagte der kleine Bimm, wobei sein Lächeln noch breiter wurde, „ein Besuch in der Unterstadt ist eine wichtige Lektion in der Ausbildung eines jeden Kopfgeldjägers!"

Jetzt fühlte Boba sich besser. Er erwiderte das Grinsen.

„Also dann ..." Nuri zeigte auf die Öffnung im Boden. Boba holte tief Luft und stellte sich neben ihn.

„Ich bin bereit", sagte er und sah hinunter.

„Für alles bereit?", fragte Nuri.

Boba nickte. „Für alles bereit!"

Kapitel 12

Als er hinunterschaute, erkannte Boba, was hinter der runden Tür im Boden versteckt gewesen war. Eine Kapsel, groß genug, um zwei Leute aufzunehmen. Die Seiten waren durchsichtig, sodass man hindurchschauen konnte. Die Kapsel hatte eine Kontrolleinrichtung, aber keinen Steuermechanismus. Sie erinnerte ihn an den Wolkenwagen, den er auf Bespin geflogen hatte. Sie war nur kleiner und es gab offensichtlich keine Möglichkeit, die Richtung zu ändern.

„Was ist das?“, fragte er.

Nuri beugte sich hinunter und drückte einen Knopf an der Seite der Kapsel. Die Einstiegsluke öffnete sich. „Spring rein und finde es selbst heraus“, sagte er.

Nuri kletterte hinein und setzte sich nach vorn. Boba setzte sich hinter ihn. Die Luke schloss sich wieder. Als Boba sich umsah, stellte er fest, dass sich die Kapsel ebenfalls in einem Tunnel befand – in einer Art Röhre oder Rutsche, die sich endlos in die Tiefe zu winden schien.

„Kommt man so zur Unterstadt?", fragte er.

Nuri nickte. „Das ist eine der Möglichkeiten. Eine von tausenden. Die meisten davon kennt nur eine Hand voll Leute. Viele sind schon so lange versteckt, dass man sie vergessen hat. Es gibt natürlich auch *offizielle* Wege in die Unterstadt – Turbolifts und so – aber dafür braucht man Passierscheine. Und Geld."

Nuri legte ohne Vorwarnung einen Hebel auf der Kontrollkonsole um und die Kapsel stürzte pfeifend in die Tiefe.

„Wow!", rief Boba. Es war, als hätte man ihnen den Boden unter den Füßen weggezogen. Die Kapsel schoss zuerst senkrecht nach unten und machte dann eine abrupte Wendung nach rechts. Jetzt bewegte sie sich spiralförmig nach unten – immer weiter und weiter, so als würde sie einer kilometerlangen Rutsche folgen. Boba hielt sich fest und schaute hinaus.

Überall sah er Lichter. Schimmernde und glitzernde Blitze – rote, orangefarbene, blaue und violette.

„Das sind die anderen Ebenen", sagte Nuri. Er musste schreien, um sich über den brüllenden Lärm beim Abstieg verständlich zu machen. „Wir reisen mit einer Geschwindigkeit von mehreren Kilometern pro Minute – aber in Echtzeit und nicht im Hyperraum."

„Cool!", sagte Boba. Er wünschte, dass diese Kapsel ein Steuer gehabt hätte.

Wieder schaute er nach draußen, wo er ab und zu einen Blick auf zuckende Flammen und auf Tunnels werfen konnte, die mit geschmolzenem Gold gefüllt zu sein schienen. Eine

Ebene war wie ein riesiges Aquarium, in dem gewaltige Dianogas mit riesigen Tentakeln schwebten.

Boba rümpfte die Nase. „Hier riecht es aber übel."

„Die Wasseraufbereitungsebene", sagte Nuri. „Wir sind fast da."

Plötzlich wurde alles schwarz. Aber es war nicht das Schwarz, das man sah, wenn man nachts schlafen geht. Nicht das Schwarz in einer geschlossenen Kammer oder einem verdunkelten Schiff. Nicht wie die Dunkelheit des Alls, die überhaupt keine Dunkelheit war, sondern die voller Sterne und Planeten und ferner Galaxien war.

Dies war eine Dunkelheit, wie Boba sie noch nie zuvor gesehen hatte. Wie er sie sich nicht einmal hatte vorstellen können. Sie war wie eine riesige Hand, die ihm aufs Gesicht gepresst wurde. Boba konnte Nuri nicht mehr vor ihm sehen. Er konnte seine eigene Hand nicht mehr sehen. Einen furchtbaren Moment lang stellte er sich vor, dass er selbst verschwunden war. Dass er sich irgendwie in Antimaterie verwandelt hatte. Dass er …

„Da!", rief Nuri.

Eine Explosion aus Licht umgab sie. Lila, grün, tiefblau. Boba blinzelte. Das Licht flimmerte. Jetzt war es schon keine Explosion mehr, es waren lauter farbige Blitze. Formen. Gebäude. Sich bewegende Wellen, die aus lebenden Wesen bestanden. Die vertrauten Gestalten von Droiden, Kreaturen, Männern und Frauen. Und über allem hing diese furchtbare, seltsame Dunkelheit. Sie war wie eine Wolke oder ein riesiger schwarzer Vorhang.

Die Kapsel wurde langsamer. Boba atmete erleichtert aus. „Das war großartig", sagte er. „Wenn auch am Ende etwas gruselig."

Nuri nickte. „Das war die Leere zwischen der Unterstadt und den oberen Ebenen. Das Sonnenlicht dringt niemals bis hierhin durch. Nur künstliches Licht. Und Dunkelheit."

Boba schauderte. Die Kapsel war zum Stillstand gekommen. Er sah hinaus zu der belebten Stadt. Sie war dichter bevölkert als irgendein Ort, den er zuvor gesehen hatte. Eine chaotische Masse aus lebenden Wesen, die ihn am ehesten an einen riesigen Schwarm erinnerte.

Die Luke der Kapsel schnappte auf und Nuri sprang heraus. Er verneigte sich vor Boba.

„Willkommen in der Unterstadt", sagte er.

Boba hatte angenommen, dass auf Ebene Zwei eine Menge los war. Er hatte auch gedacht, dass Coruscant dicht bevölkert war, oder die *Candaserri*.

Aber das war alles nichts im Vergleich mit der Unterstadt. Hier gab es so viele Wesen, so viele Droiden, so viel von *allem*, dass ihm schwindlig wurde.

„Bleib bei mir!", sagte Nuri. „Wenn du dich hier verirrst, findest du nie wieder heraus."

Boba zog eine Grimasse. „Darauf würde ich nicht wetten", sagte er. „Ich habe einen guten Orientierungssinn."

„Das wird hier nicht reichen", gab Nuri zurück.

Auch wenn es Boba schwer fiel, so musste er dem Bimm doch Recht geben. Hoch über ihnen war der Himmel – der gar keiner war – von tausenden leuchtenden Objekten übersät. Sie sahen aus wie Bänder oder Regenbogen. In Wirklichkeit aber waren es Rutschen wie die, auf der Boba hierher gelangt war. Er sah, wie Kapseln in den Röhren hinauf und hinab schossen. Überall flogen hell erleuchtete Gleiter, Swoops, Robo-Hacks – Lufttaxis – und sogar Podrenner umher. Auf dem Boden wanden sich Straßen und Gehwege um hohe, zerfallene Gebäude. Die Straßen waren voller Müll, Steinbrocken und defekter Luftgleiter.

Und wo auch immer er hinschaute, sah er Wesen – die meisten waren nicht humanoid, aber er sah auch viele Menschen. Niemand sah freundlich aus. Einige schienen sogar gefährlich zu sein.

„He, pass doch auf!“, sagte irgendjemand zu Boba. Ein großer, verärgert dreinschauender Caridianer sah böse zu ihm hinunter.

„Tschuldigung“, sagte Boba und der Caridianer ging weiter. Boba schaute sich um. Nuri war verschwunden!

Boba schluckte. Eine Gruppe angeberischer Raumpiraten ging gerade lachend an ihm vorüber. Boba starrte sie an und versuchte, nicht verängstigt zu wirken.

„Junger Sir!“ Nuris Stimme drang von ein paar Metern Entfernung zu ihm. „Hier entlang!“

Boba eilte zu ihm. Sie gingen vorbei an Läden, Märkten und verlassenen Gebäuden, die wie uralte Raumschiffe unter einer riesigen Glaskuppel aussahen. Boba und Nuri kamen auch an Essensverkäufern vorbei. Einiges von dem Zeug, das sie verkauften, sah Ekel erregend aus – es hatte Klauen, Tentakel oder zu viele Ohren oder Augen. Doch einige der Speisen rochen gut und sahen vorzüglich aus. Boba lief das Wasser im Mund zusammen. Er konnte sich nicht mehr daran erinnern, wann er eigentlich das letzte Mal etwas gegessen hatte. Auf jeden Fall war er sich sicher, dass es nicht heute gewesen war.

Zuerst versuchte Boba, sich den Weg einzuprägen, den sie gingen. Doch schon nach kurzer Zeit gab er es auf. Ihr Weg führte sie hin und her, hinein und hinaus. Einmal war er sicher, dass sie wieder zurückgingen. Er fragte sich, ob Nuri ihn aus irgendeinem Grund an der Nase herumführen wollte. Ob er verhindern wollte, dass Boba den Weg allein zurückfand.

Und wo auch immer sie hingingen, gab es Massen von Wesen. Trotz der Regel, dass Nicht-Einheimische keine Waffen tragen durften, hatten die meisten Wesen, die er sah, irgendeine Waffe bei sich. Vibro-Klingen, Betäubungsknüppel, Blaster oder Handgelenksraketen. Boba war sich ziemlich sicher, dass die meisten *keine* Bürger von Aargau waren.

Und er war sich ebenfalls sicher, dass er keinem von ihnen unbewaffnet und allein über den Weg laufen wollte.

„Woher kommen all diese Leute?", fragte Boba.

Nuri führte ihn die Straße entlang auf eine schmale Gasse zu. „Sie kommen von überall aus der Galaxis", sagte er in seinem hohen Singsang. „Das Vermögen, das man auf Aargau machen kann, wenn man Währungen tauscht, lockt sie hierher. Und hier in der Unterstadt ist alles möglich. Betrug. Mord. Der Schwarzmarkt blüht hier. Schmuggler tauschen und handeln mit Gold, Credits, Daten, Droiden, Juwelen, Waffen oder Schiffen. Aber am wertvollsten sind *Informationen*."

„Informationen?“ Boba runzelte die Stirn. „Das scheint mir aber nicht sonderlich interessant zu sein.“ *Nicht im Vergleich zu Waffen oder Schiffen*, dachte er.

„Glaub mir“, sagte Nuri. „Ich weiß, wovon ich rede. Und bleib in meiner Nähe. Es ist schon ein Risiko, hier herunterzukommen. Vor allem, wenn man es das erste Mal tut.“

Ich vertraue niemandem, dachte Boba ärgerlich. Im gleichen Augenblick eilte eine Gestalt aus der Gasse.

„Zurück!“, rief Nuri.

„Nein!“, sagte Boba. Er griff nach einem zerbrochenen Ziegelstein, um ihn nach der Gestalt zu werfen. Das Wesen hatte ihn beinahe erreicht, die Arme ausgestreckt. In der Dunkelheit war es kaum auszumachen.

Doch es war nicht dunkel genug, um nicht zu erkennen, dass das Wesen einen Blaster in der Hand hielt. Und der Blaster war genau auf Boba Fett gerichtet.

Kapitel 13

Boba holte aus und wollte den Stein werfen. Doch Nuri hielt ihn zurück.

„Halt!", rief der Bimm. „Warte ..."

Die Gestalt blieb keuchend neben ihnen stehen. Es war eine fellbedeckte Bothanerin. Die Spitzohren hatte sie ängstlich an den Kopf angelegt. „Nuri!", rief sie.

Nuri sah sie besorgt an. „Was ist denn los, Hev'sin?", fragte er.

„Ich habe dich gesucht!" Sie drehte sich um und schaute Boba an. Ihr Blaster war noch immer auf ihn gerichtet.

„Wer ist das?", fragte sie Nuri mit leiser, vorwurfsvoller Stimme.

Boba schaute auf seine Füße. Nuri sah ihn an und schüttelte den Kopf. „Nur ein Junge", sagte er leise zu der Bothanerin. „Du wirst deine Waffe nicht brauchen. Sag mir, was passiert ist, Hev'sin."

Zunächst zögerte die Bothanerin. Dann schob sie ihren

Blaster in den Gürtel zurück. Sie ging zu Nuri, woraufhin sich beide etwas abwandten. Sie waren offensichtlich nicht besorgt, dass Boba ihr Gespräch mithörte.

Schließlich bin ich ja nur ein Junge, dachte Boba. *Keine echte Gefahr.*

Denkt ihr.

Boba kannte sich mit Bothanern aus. Sie waren die besten Spione der Galaxis. Sie verließen oft ihre Heimatwelt Bothawai und reisten überall umher. Und wo auch immer sie hinkamen, fanden sie Arbeit – bei verdeckten Operationen oder als Mitglieder des bothanischen Spionagenetzes.

Und was hatte Nuri gerade erst gesagt?

Am wertvollsten sind Informationen.

Boba tat so, als würde er in eine nahe Gasse stieren. In Wirklichkeit belauschte er alles, was die Bothanerin sagte.

Boba spionierte.

Dieses Spiel können zwei spielen, dachte er. *Und vielleicht kann nur einer gewinnen. Doch dieser Eine werde ich sein.*

Er hörte, wie Hev'sin mit leiser, drängender Stimme redete. „Man sagt, er wäre hier, um Zahlungsmittel für die Separatisten aufzutreiben. Deshalb ist er in der Unterstadt. Er gibt vor, dem Bankenclan auf Ebene Vier einen Routinebesuch abzustatten, aber in Wirklichkeit macht er hier unten Geschäfte. Er will nicht die Aufmerksamkeit der Mitglieder der Republik erregen."

„Bist du dir dessen sicher, Hev'sin?", fragte Nuri. Er schien äußerst interessiert, aber nicht allzu beunruhigt zu sein.

„Absolut", zischte die Bothanerin. „Ich habe ihn mit meinen eigenen Augen gesehen. Er ist umgeben von Klontruppen. In letzter Zeit reist er keinen Schritt mehr ohne eine vollständige Wachmannschaft. Abgesehen davon würde ich San Hill überall erkennen."

San Hill! Boba erinnerte sich. Er hatte San Hill gerade noch auf Ebene Zwei gesehen: der Mann, der so dünn und hässlich wie ein Stabinsekt war. Der Kopf des Intergalaktischen Bankenclans.

San Hill war ein Separatist. Das hatte Boba auf Geonosis erfahren, als er gesehen hatte, wie sich San Hill mit Count Dooku getroffen hatte. Boba fragte sich, ob San Hill wusste, dass Dooku und Tyranus ein und dieselbe Person waren. Tyranus, der die Klonarmee geschaffen hatte, die jetzt San Hills Verbündete angriff!

Ich wette, er hat keine Ahnung, dachte Boba.

Doch dann kam ihm ein anderer Gedanke.

Vielleicht würde er es wissen wollen … gegen ein kleines Entgelt?

Informationen waren hier auf Aargau sehr wertvoll.

„Wo hast du ihn gesehen?", fragte Nuri die Bothanerin.

„In der Nähe des Kasinos der Hutts. Du kannst sicher sein, dass San Hill nichts Gutes im Schilde führt, wenn er mit den Hutts Geschäfte macht."

Nuri nickte. „Das stimmt."

Bobas Augen weiteten sich. *Die Hutts!* Er wusste, wer sie waren: einer der berüchtigtsten Clans in der Galaxis! Sie betrieben Schmuggelgeschäfte und unterhielten Spielhöllen in ihren Hoheitsgebieten und darüber hinaus. Und jetzt sah es so aus, als hätten sie auf Aargau auch etwas laufen. Und auch noch etwas Illegales, denn sie waren ja in der Unterstadt.

Bobas Vater hatte Geschäfte mit Jabba gemacht, dem Anführer des Hutt-Clans.

„Die Hutts wissen einen guten Kopfgeldjäger zu schätzen", hatte Jango zu seinem Sohn gesagt. „Und sie bezahlen gut – besser als sonst irgendjemand."

Um Wissen zu erlangen, musst du Jabba finden, stand im Buch seines Vaters. Konnte Jabba the Hutt hier auf Aargau sein?

Boba schaute vorsichtig zu Nuri und der Bothanerin hinüber und wandte sich schnell wieder ab.

„Ich muss jetzt gehen." Die Bothanerin warf einen Blick über die Schulter. Sie sah an Boba vorbei. So als wäre er unsichtbar für sie. Noch ein Vorteil seines Alters. „Ich wusste, dass dich das interessieren würde, Nuri."

Der Bimm nickte. „Ja. Vielen Dank."

Er gab ihr eine Münze. Die Bothanerin schaute sie enttäuscht an. Einen Augenblick dachte Boba, sie würde jetzt eine Diskussion mit Nuri anfangen. Doch dann fiel ihm wieder etwas ein.

Die Bimms konnten hervorragend feilschen.

Und diese Bothanerin hatte mit Sicherheit keine Zeit, um zu feilschen. Sie verabschiedete sich mit einem Schnauben von Nuri und ging schnell davon.

„Interessant", sagte Nuri mehr zu sich selbst als zu Boba. „Sehr interessant."

Als er wieder aufsah, schien es so, als ob er Boba zum ersten Mal sah. Ein leichtes Lächeln machte sich auf dem Gesicht des Bimm breit.

„Nun denn, mein kleiner Besucher", sagte Nuri. Er zeigte auf die Gasse hinter ihm. „Sollen wir gehen und dein Geld holen?"

Boba sagte nichts. Und er rührte sich nicht. Etwas an dem Bimm hatte sich plötzlich verändert. Vielleicht war es das Lächeln. Vielleicht war Boba aber auch nur müde und hungrig. Er wartete noch einen Moment und nickte schließlich.

„In Ordnung", sagte er.

Er folgte Nuri in die Gasse. Sie war düster, aber nicht zu dunkel. Leider machte sie einen leichten Bogen, sodass Boba nicht sehen konnte, was vor ihnen lag. Ein paar Raumpiraten kamen vorbei und lachten laut. Boba versuchte, sich so groß wie möglich zu machen, als sie vorbeigingen. Er würde alles dafür geben, wieder auf der *Slave I* zu sein! Er würde alles dafür geben, von diesem Planeten verschwinden und wieder allein sein zu können …

„Da sind wir schon", sagte Nuri plötzlich und blieb vor einer Metalltür stehen. In die Tür war ein kleines, vergittertes Fenster eingelassen, an dessen Unterkante es wiederum eine kleine Öffnung gab. Hinter dem Fenster stand ein sehr alter, abgenutzter Admin-Droide.

„Kann ich behilflich sein?", fragte er mit raspelnder Stimme.

Nuri wandte sich an Boba. „Kann ich bitte deine Karte haben?"

Boba überlegte einen Augenblick. Wenn der Bimm es darauf abgesehen hatte, ihn auszurauben, hätte er es schon längst tun können. Er zuckte mit den Schultern, nahm die Karte aus der Tasche und gab sie Nuri. Der Bimm brauchte ja noch immer Bobas DNS, um an die Credits zu kommen.

Oder etwa nicht?

„Ich würde gern meine Gebühr vom Konto dieses jungen Mannes abheben", sagte Nuri. Er schob die Karte durch die Öffnung unter dem vergitterten Fenster. „Sechshunderttausend Mesarcs sollten genügen."

Der Droide nahm die Karte. „Wie Ihr wünscht", sagte er. Er zog die Karte über einen leuchtend roten Schirm.

Boba beobachtete den Droiden misstrauisch. Er hatte sich nicht einmal die Mühe gemacht, ihn etwas zu fragen. Und plötzlich kamen ihm die Worte der Aufseherin von Ebene Eins wieder in Gedächtnis:

Du musst außerdem sichergehen, dass du dein Geld nicht bei jemandem tauschst, der kein registriertes Mitglied des Intergalaktischen Bankenclans ist. Auf Aargau gibt es Schwarzmarkt-Geldhändler.

Dies war ein illegaler Bankautomat.

„He!", rief Boba. „Was machst du? Das ist *mein* Geld!"

Er sprang auf die Tür zu, zwängte seine Hand durch die schmale Öffnung, griff nach der Karte und nach den Tasten, die die Transaktion aufhalten würden. Er schaffte es sogar, den Vorgang zu unterbrechen – doch es war schon zu spät.

„Von Eurem Konto wurden fünfhunderttausend Mesarcs

abgehoben", sagte der Droide mit seiner rostigen Stimme. Er warf die Karte wieder in die Öffnung. „Schönen Tag noch."

Boba schnappte sich die Karte. Wütend drehte er sich zu Nuri um.

„Ihr ...", rief er, kam aber kein Wort weiter.

Nuri veränderte seine Gestalt. Sein Gesicht wurde erst gelb dann silbern und dann grün. Er wurde größer und seine Arme wurden länger, bis er Boba überragte.

Er war kein Bimm.

Er war ein Formwandler.

Kapitel 14

„Du bist ein schlauer junger Mann“, sagte der Clawditen-Formwandler. Er war ein *junger* Formwandler, mit einer bedrohlich brummenden Stimme. Sein Körper schien vor Bobas Augen zu schmelzen und wieder Form anzunehmen. Er bekam Muskeln und Sehnen. Auf dem Kopf hatte er dichtes, schwarzes Haar. Auch seine Augen waren dunkel.

„Aber nicht schlau genug“, sagte er.

Boba starrte ihn verblüfft an. „Aber …“

„Du kannst dich noch glücklich schätzen, junger Mann“, sagte der Formwandler, der gerade noch Nuri gewesen war. „Ich hätte deine kostbare Karte nehmen und behalten können. Ich hätte dich töten können.“

Der Formwandler lächelte – dasselbe unangenehme Lächeln, das Boba zuletzt bei dem Bimm gesehen hatte.

„Aber ich bewundere deinen Mut“, fuhr der Clawdite fort. „Du bist jung und lernst noch, wie ich auch. Und ich hasse Aurra Sing. Sie ist meine Rivalin. Es scheint so, als hätten du und ich etwas gemeinsam. Ich hätte dich auf Ebene Zwei zurücklassen können. Dort hätte sie dich ziemlich schnell gefunden. Aber es hätte Aurra Sing gefallen, wenn sie dich gefunden hätte. Ich hasse sie zu sehr, als dass ich es ihr gegönnt hätte."

Boba sah den Clawditen wütend an. „Ihr habt kein Recht, Euch zu nehmen, was mir gehört!"

Der Clawdite lachte. „Na ja, du hast dir die Karte zurückgeholt, bevor ich alles abheben konnte. Wenn du irgendwie den Weg zurück zu den oberen Ebenen findest, wirst du feststellen, dass noch genügend Geld übrig ist, um den Transport vom Planeten bezahlen zu können. Aber nur, wenn du schlau genug bist, Boba. Du musst verhindern, dass Aurra Sing dich findet. Du musst einen Weg zu den oberen Ebenen finden. Und dann musst du noch einen Weg zum Rest deines Erbes finden."

Der Clawdite legte den Kopf zur Seite. „Ich sagte vorhin, dass ein Besuch in der Unterstadt zur Ausbildung eines jeden Kopfgeldjägers gehört. Ich weiß, dass ich in der Unterstadt viel gelernt habe. Ich hoffe, dass du deine Lektion genossen hast, Boba."

Mit einer spöttischen Verbeugung drehte sich der Clawdite um und verschwand eilig in der Gasse.

Boba sah ihm hinterher. *Wie konnte ich nur so unvorsichtig sein?*, dachte er wütend. *Ich habe die oberste Regel eines jeden Kopfgeldjägers vergessen –*

– vertraue niemandem.

Der Bimm – nein, der Clawdite – hatte ihn betrogen. Und dabei hatte der Formwandler noch Recht gehabt: Boba hatte eine wichtige Lektion gelernt! Beim nächsten Mal würde er nicht so schnell fremde Hilfe annehmen.

Wenn es überhaupt ein nächstes Mal gab.

Aber was sollte er jetzt tun? Boba drehte sich um und starrte den Droiden hinter dem vergitterten Fenster an. Hmmm. Nuri hatte es irgendwie geschafft, Geld von Bobas Konto abzuheben. Weshalb sollte er es dann nicht auch schaffen? Er ging zu dem Fenster.

„Ich hätte gern den Rest meines Geldes", sagte er und schob die Karte durch die Öffnung.

Der Droide sah ihn mit seinen lidlosen Augen an. Er nahm die Karte, und schob sie in einen Schlitz in seinen Arm. „Tut mir Leid", sagte er. „Ihr habt keine Erlaubnis, diesen Terminal zu benutzen."

Er schob die Karte zu Boba zurück. Der Clawdite kannte offensichtlich einen Zugangscode, von dem er nicht die geringste Ahnung hatte.

„Was?", fragte Boba wütend. „Soll das heißen ..."

„Tut mir Leid", sagte der Droide. „Soll ich die Sicherheitskräfte rufen, damit sie Euch zu Hilfe kommen?"

„Nein", sagte Boba eilig. Er wandte sich ab.

Doch dann blieb er stehen. Als der Clawdite dem Droiden die Karte gegeben hatte, hatte der etwas gesagt – etwas über eine Bank.

Boba hatte noch immer die Karte. Wenn er wüsste, wo sein Geld war, könnte er es selbst holen – ohne Aurra Sing!

Er ging schnell zu dem Fenster. „Auf welcher Bank sagtest du, liegt das Geld?"

Der Droide drehte seinen chromglänzenden Kopf. „Auf der Intergalaktischen Bank von Kuat. Ebene Zwei. Sollen Euch die Sicherheitskräfte helfen?"

„Nein!", sagte Boba schnell. „Ich meine, nein danke!"

Nuri hatte Recht gehabt. Informationen waren in der Tat etwas Wertvolles.

Er hatte allerdings keine Zeit, sein Glück zu genießen. Hinter ihm erklang das Geräusch von Schritten und lautem Gelächter. Boba drehte sich um und sah mehrere große, schwer bewaffnete Gestalten. Zweifelsohne noch mehr Piraten.

Zeit hier zu verschwinden! Er drehte sich um und lief geräuschlos die Gasse entlang.

Sie endete in einer anderen Straße. Diese war sogar noch belebter als diejenigen, die er zuvor mit Nuri entlanggegangen war. Boba blieb einen Augenblick stehen, um wieder zu Atem zu kommen. Er hatte keine Angst. Er war vielmehr ärgerlich, aufgeregt und entschlossen. Hier unten brauchte er sich nicht allzu viel Sorgen um Aurra Sing zu machen. Wie standen schon die Chancen, dass sie ihn in diesem Chaos fand?

Aber: Wohin sollte er gehen?

Er schaute in beide Richtungen die Straße hinunter. So weit das Auge reichte, sah er nichts als Läden. Ein paar waren hell erleuchtet, voller aufgeregter Service-Droiden, gut angezogener Humanoiden und anderer Wesen. Andere Läden wiederum waren düster und nur von ein oder zwei grimmig dreinschauenden Posten am Eingang bewacht. Einige Läden befanden sich in Gebäuden, die nicht mehr als Schutthaufen waren. Und alle schienen Spielhöllen der verschiedensten Sorte zu sein. Über vielen hingen Schilder, auf denen leuchtende grüne, goldene oder silberne Schriften blinkten:

WIR WECHSELN ALLE WÄHRUNGEN
ALLE MÜNZEN AKZEPTIERT
KEINE SUMME ZU KLEIN!

Boba ging los. Aus den Eingängen rechts und links der Straße kamen aufgeregte, laute Gruppen. Robo-Hacks – Lufttaxis – schwebten vor den Spielhallen und warteten auf neue Passagiere, um sie dorthin zu bringen, wo sie ihren gerade erst gewonnen Reichtum wieder verspielen konnten. In den Gassen lauerten übel aussehende Gestalten und warteten augenscheinlich auf eine Gelegenheit, unachtsame Passanten ausnehmen zu können. Die Luft war hoch oben kreuz und quer von leuchtenden Röhren durchzogen. Glänzende Kapseln schossen mit Höchstgeschwindigkeit zwischen der Unterstadt und den oberen Ebenen hin und her. Dazwischen blitzte immer wieder ein Swoop oder ein Luftgleiter auf.

Ich muss mir einen besorgen!, dachte Boba, als er sah, wie ein Swoop vorbeizischte. Wenn er erst einmal herausgefunden hatte, wie er an sein Geld kommen konnte, würde er sich vielleicht einen mieten können, der ihn zur *Slave I* zurückbrachte. Obwohl es noch besser wäre, selbst einen zu fliegen.

„Pah!“, donnerte eine Stimme. „Humanoider Abschaum! Aus dem Weg!“

Boba sah verdutzt auf. Vor ihm versperrte eine Gestalt die Straße. Sie war groß, hatte orangefarbene Haare und ein blasses Gesicht mit pilzartiger Haut. Ein langer, schlangenartiger Auswuchs aus seinem Kopf hing dem Wesen um den Hals. Ein Twi'lek.

„Hast du mich nicht gehört?", fragte der Twi'lek wütend. Er ließ eine Hand bedrohlich in seiner Robe verschwinden.

„Tut mir Leid", sagte Boba schnell. Er machte einen Schritt zur Seite. Der Twi'lek sah ihn verächtlich an und ging an ihm vorüber. Boba schaute ihm nachdenklich hinterher.

„Moment mal", sagte er zu sich selbst.

Er hatte eine Idee!

Sein Vater hatte ihm einst von einem Twi'lek namens Bib Fortuna erzählt. Das raupengesichtige Wesen hatte einmal als Jabba the Hutts rechte Hand gedient und dessen Spielhöllen auf Tatooine und sonst wo in der Galaxis betrieben. Auch hier auf Aargau gab es ein Kasino der Hutts. Konnte es möglich sein, dass sein Vater genau *diesen* Twi'lek gemeint hatte?

Boba sah der Gestalt hinterher, die sich entfernte. Wenn das tatsächlich Bib Fortuna war, war er vielleicht zur Zentrale der Hutts unterwegs.

Boba wusste, dass die Chancen schlecht standen. Doch alle in der Unterstadt schienen auf ihr Glück zu setzen. Auch er würde seine Chance nutzen.

Boba lief dem Twi'lek schnell hinterher. Er achtete dabei darauf, dass er außer Sichtweite blieb, ihn aber nie aus den Augen verlor. Manchmal war das schwierig, weil der

Twi'lek immer wieder dunkle Gassen und Tunnels benutzte. Doch Boba folgte ihm durch das Labyrinth, das die Unterstadt war.

Das muss man sich mal vorstellen, dachte Boba und grinste. Er verfolgte sein Opfer durch unglaublich gefährliches Terrain – genau wie ein Kopfgeldjäger!

Kapitel 15

Der Twi'lek hatte das Ende einer langen, engen und verschlungenen Straße erreicht. Er blieb vor einem großen Gebäude stehen, dessen rundes Dach mit metallenen Dornen besetzt war. Das Gebäude hatte die Form eines gigantischen Krayt-Drachens. Und das Maul des Drachens war die Eingangstür. Boba konnte eine aufgeregte Menge aus Humanoiden, anderen Wesen und Droiden in dem Gebäude erkennen. Zwischen den Zähnen des Krayt-Drachens blinkten huttische Buchstaben auf einem glitzernden Holoschild.

Der Twi'lek ging auf das Schild zu und betrat ohne zu zögern das Gebäude.

Boba beobachtete ihn dabei. Sein Herz klopfte jetzt wie wild. Seit er in der Unterstadt war, hatte er eine Menge Menschen, andere Wesen und Droiden gesehen. Aber etwas hatte er noch nicht gesehen.

Er hatte noch kein einziges Kind gesehen. Er hatte noch keine einzige Person seines Alters gesehen.

Das Letzte, was er wollte, war Aufmerksamkeit zu erregen. Schweigsamkeit und Unauffälligkeit waren die stärksten Waffen eines Kopfgeldjägers.

Aber es gab keine Möglichkeit, wie er sich ungesehen durch das Maul des Krayt-Drachens in die Spielhalle schleichen konnte. Gleich hinter der Tür stand eine Gruppe bulliger Wachen – Gammorreaner, so wie es aussah. Boba beobachtete, wie der Twi'lek unbehelligt an ihnen vorbeiging. Sie verneigten sich leicht vor ihm, nahmen aber keine weitere Notiz von ihm. Als aber ein paar Sekunden später zwei Wookiees hinein wollten, hielten die Gammorreaner sie erst an, bevor sie sie hineinließen.

Wie sollte er an diesen Wachen vorbeikommen?

Boba sah hinter sich, die kurvige Straße entlang. Da kamen zwei weitere Gruppen auf die Spielhölle der Hutts zu. Wenn er bleiben würde, wo er war, würde man ihn sehen. Im besten Fall würde man ihm sagen, er solle verschwinden. Im schlimmsten Fall …

Er hatte jetzt keine Zeit, darüber nachzudenken. Ein paar Meter weiter weg lag ein Haufen Müll. Boba lief schnell dorthin und duckte sich hinter dem Haufen, bevor die sich nähernden Leute ihn sehen konnten.

Die erste Gruppe kam immer näher. Boba konnte sie jetzt deutlich erkennen: ein halbes Dutzend Jawa-Schrottplünderer. Sie trugen die typischen Jawa-Roben und sprachen miteinander im typischen Jawa-Gebrabbel. Als sie vorbeigingen, sah Boba ihre Augen, die wie winzige Fackeln unter den Kapuzen leuchteten.

„He", flüsterte Boba zu sich selbst.

Er hatte eine andere Idee – eine gute.

Er drehte sich um und wühlte schnell in dem Müllhaufen. Steine, Glasscherben, Lederreste. Der geschmolzene Rest eines Blasters. Abgebrochene Speerspitzen. Explodierte Granaten. Etwas, das beunruhigend nach einer humanoiden Hand aussah.

Die Spielhölle der Hutts schien beliebt zu sein. Aber vielleicht war es keine gute Idee, sich dort lange aufzuhalten.

Doch dann fand Boba plötzlich, wonach er suchte. Er musste sich auf die Lippen beißen, um nicht triumphierend aufzuschreien. Es war nur ein Lumpen – ein langes, grau-gelbes Stück Stoff, schmutzig und voller Löcher.

Aber es war gut genug für das, was er plante. Boba schaute sich noch einmal um, um sicherzugehen, dass ihn niemand gesehen hatte. Die Jawas erreichten den Eingang. Einer von ihnen schien mit den gammorreanischen Wachen zu reden. Boba zog schnell den Stoff über den Kopf. Er roch übel – eigentlich stank er sogar – doch Boba biss die Zähne zusammen und versuchte, den Fetzen zurechtzurücken.

Einen Teil des Stoffes zog er sich über das Gesicht, bis er es wie eine Kapuze bedeckte. Der Lappen fiel ihm gerade bis über die Knie herab. Er zog den Gürtel aus seiner Tunika und band ihn sich lose um die Hüfte. So war es besser. Da er ein wenig größer als die Jawas war, ging er leicht in die Knie. Zwar war es nicht leicht, so zu gehen, aber wenn er erst einmal in der Spielhölle wäre, würde es niemandem auffallen, wenn er sich wieder etwas aufrichtete.

Er sah sich noch einmal in dem Müllhaufen um. Die nächste Gruppe näherte sich dem Spielpalast. Sie war noch zu weit entfernt, um klar erkennbar zu sein, aber diese Wesen waren groß und offensichtlich nicht humanoid.

Und es war eine große Gruppe.

Ich muss jetzt schnell dort hineinkommen.

Boba sah zur Spielhölle hinüber. Die gammorreanischen Wachen nickten und winkten die Jawas durch. Boba wartete, bis der letzte Jawa im Maul des Krayt-Drachens verschwunden war. Dann holte er einmal tief Luft und lief auf den Eingang zu.

Doch als er dort angekommen war, blieb er stehen. Einer der Gammorreaner starrte ihn an und grunzte. Er trug ein langes Speer und schwenkte es bedrohlich hin und her.

Sein Partner sah Boba mit seinen kleinen Schweinsaugen skeptisch an.

Boba beugte die Knie ein wenig mehr. Er rückte den Stofflappen um seinen Kopf zurecht und hoffte, dass sein Gesicht nicht zu sehen war. Er deutete auf den Eingang und gab damit zu verstehen, dass er hinein wollte.

In diesem Augenblick stieß der eine Gammorreaner den anderen an, grunzte und zeigte hinter Boba.

„Aaargh!“, schnaubte der andere Wachmann. Er mahlte ärgerlich mit seinen Reißzähnen und sah in die Richtung, in die sein Kollege gezeigt hatte.

Boba wollte sich umdrehen und hinter sich schauen, doch er wagte es nicht. Er blieb stehen und fragte sich, ob er blitzschnell durch den Eingang huschen sollte.

Da hob einer der Gammorreaner ohne Vorwarnung sein Speer hoch über Bobas Kopf. Er gab Boba ein Zeichen, dass er hineingehen sollte.

Boba nickte eifrig. Er raffte seinen Lumpenmantel um sich, senkte den Kopf und ging so schnell er konnte durch das Maul des Drachen – und damit geradewegs in die Höhle der Hutts.

Kapitel 16

In dem Spielpalast herrschte ein Höllenlärm. Gelächter, wütende Rufe, triumphierendes oder enttäuschtes Geschrei vermischten sich mit dem Klang von Münzen, dem Klappern von Würfeln, dem Klacken von Kenobällen, den Rufen von Kartengebern und Geldwechslern. Der Spielpalast der Hutts war nichts anderes als *noch* ein Labyrinth – verrauchte Säle, die so voller Wesen waren, dass Boba es kaum schaffte, sich hindurchzuzwängen. Überall standen Gamorreaner, sorgten für Ordnung und warfen die wildesten Gäste hinaus. Boba bemerkte, dass die Jawas, die er draußen schon gesehen hatte, mit einem Bimm um ein Outlander-Spielfeld standen. Boba fragte sich, ob das wohl ein Bimm oder noch ein Formwandler war.

„Schaut Euch die Podrennen an!“, brüllte jemand. Boba hob den Kopf und sah einen großen Bildschirm, auf dem Podrennen von Tatooine übertragen wurden. „Alle Wetten werden angenommen!“

Boba tastete nach der Karte in seiner Tasche. Er war zu klug, um sein Geld mit Wetten zu verschwenden. Sein Vater hatte ihn davor gewarnt.

„Ein Kopfgeldjäger setzt jeden Tag sein Leben aufs Spiel", hatte Jango immer gesagt. „Nur ein Narr würde auch Geld aufs Spiel setzen."

Boba zog seine Lumpenkapuze enger um sein Gesicht. Er hatte jetzt nur noch ein Ziel: einen Weg zurück auf die oberen Ebenen zu finden. Einen Weg, um an sein Vermögen zu kommen. Zur *Slave I* zu gelangen und Aargau zu verlassen – und zwar ohne Aurra Sing.

Er steckte die Hand in die Tasche und berührte das Buch, das ihm sein Vater gegeben hatte.

Um Wissen zu erlangen, musst du Jabba finden.

Jabba finden. Boba hatte immer angenommen, dass er, um den berüchtigsten Gangster zu finden, zu dessen Heimatwelt Nal Hutta reisen musste. Oder nach Tatooine, wo der mächtige Klan-Anführer ein Schmuggelimperium aufgebaut hatte.

Aber was wäre, wenn sich Jabba tatsächlich hier auf Aargau befinden würde? Die Hutts hatten ihre Pfoten in sämtlichen illegalen Aktivitäten der Galaxis. Vielleicht war Jabba tatsächlich hier in der Unterstadt – genau in dieser Spielhölle!

Aber wie sollte er ihn finden? Boba dachte angestrengt nach. Er musste den Twi'lek wiederfinden, von dem er annahm, dass er Bib Fortuna sein könnte. Er schob den Lumpen ein wenig von seinen Augen weg und versuchte, in dem düsteren, verrauchten Raum etwas zu erkennen.

Hinter ihm dröhnte eine tiefe Stimme. Boba sah auf und stand einer der gammorreanischen Wachen gegenüber. Der Wächter hielt ein bedrohlich erhobenes Speer in seiner gewaltigen Hand. Die Bedeutung dieser Geste war klar: *Wenn du kein Geld ausgeben willst, verschwinde hier!*

Boba nickte einsichtig. Als er sich umdrehen wollte, packte der Gammorreaner ihn bei der Schulter.

Schluck! Wenn der Wächter ihm die Verkleidung vom Leib reißen würde, wäre es um Boba geschehen! Er griff schnell in seine Tasche und zeigte die Karte, wobei er darauf achtete, dass sie in seinem Ärmel blieb, damit man seine Hand nicht sah. Sie glänzte golden im matten Licht der Spielhalle.

Das hässliche Schweinegesicht des Gammorreaners wurde vor lauter Enttäuschung noch hässlicher. Er drehte sich mit einem Grunzen weg und ging irgendjemand anderem auf die Nerven.

Puh, dachte Boba. *Das war knapp. Ich muss besser aufpassen!*

Er schob sich langsam durch die Menge und hielt nach dem Twi'lek Ausschau. Einmal dachte er, dass er ihn gefunden hatte, doch es war nur ein anderes großes Wesen in einem Fellmantel. Einmal glaubte er, das tiefe, röhrende Grunzen eines Wookiees zu hören. Aber es war nur ein kleiner gepanzerter Droide, der durch die Menge rollte.

Boba beobachtete die Maschine neugierig, dann sah er sich wieder um. Hier gab es eine *Menge* Droiden. Mehr als er erwartet hatte.

Was taten sie hier?

Als er sich so umsah, wurde ihm klar, dass es keine Protokoll- oder Service-Droiden waren. Auch keine Servomechs.

Es waren Wächter-Droiden. Und Sicherheits-Droiden und mächtige Polizei-Droiden. Boba spürte, wie sich ihm die Haare im Nacken sträubten. Er hob den Kopf und sah, dass ein Wächter-Droide auf der anderen Seite des Raumes schwebte. Die Maschine drehte sich langsam im Raum und suchte mit ihren Sensoren die Halle ab. Die drei Waffenarme waren eindeutig bereit zu feuern.

„Was geht hier vor sich?“, fragte sich Boba. Was auch immer es war: Er traute der Sache nicht. Nicht im Geringsten.

Da gingen plötzlich – wie als Antwort auf seine Frage – zwei große Frauen in Pilotenuniformen an ihm vorüber. Sie unterhielten sich leise miteinander. Boba zog den Lumpen enger um sein Gesicht und drehte sich weg. Aber er hörte zu.

„Es gibt Gerüchte, dass Dooku ihn geschickt hat“, sagte eine der Pilotinnen leise. „Um mehr Geld zu beschaffen.“

„Es gibt in der ganzen Galaxis nicht genug Mittel, um die Republik zu stürzen“, gab die andere Frau zurück. „Dooku ist wahnsinnig.“

„Ich versichere dir, dass er das mit Sicherheit *nicht* ist“, antwortete ihre Freundin. „Und wenn es in der Galaxis nicht genug Geld gibt, um eine Rebellion zu finanzieren, dann gibt es dieses Geld sicherlich in den Taschen der Hutts!“

Die beiden Pilotinnen lachten leise. Sie bogen um eine Ecke und verschwanden außer Hörweite.

Count Doku! Konnte der finstere Graf etwa auch hier sein? Nein. *Dooku hat ihn geschickt*, hatte die Pilotin gesagt.

Wen würde Dooku wohl schicken?

Boba dachte schnell nach. Und es fiel ihm wieder ein.

San Hill. Der Vorsitzende des Intergalaktischen Bankenclans und eine der mächtigsten Figuren der Galaxis. Und es war noch gar nicht lange her, da hatte die bothanische Spionin Nuri erzählt, dass San Hill hier in der Unterstadt war.

San Hill wollte Gelder für die Separatisten auftreiben. Geld für Count Dooku. Und gleichzeitig waren die Klontruppen als Sicherheitskräfte der Republik hier – die Klontruppen, die auf Tyranus' Geheiß gezüchtet worden waren.

Beide Seiten waren bereit, einander anzugreifen: Republik und Separatisten. Klone und Droiden. Aber hinter beiden Seiten steckte ein und dieselbe Person: der Mann, den Boba als Count kannte.

Count Tyranus.

Count Dooku.

Das alles war Teil eines furchtbaren Planes, dessen war Boba sich sicher. Und er war sich sicher, dass sein Vater – wäre er noch am Leben – gewusst hätte, wie er sich diese Information zu Nutze hätte machen können. Vor allem, wenn sich San Hill ebenfalls auf dem Planeten befand.

Aber auch Boba konnte sich die Sache zu Nutze machen. Er musste nur herausfinden wie. Vielleicht besaßen die beiden Pilotinnen mehr Informationen. Er drehte sich um und schlich ihnen unauffällig durch die bevölkerte Halle hinterher.

Aber als Boba um die Ecke kam, waren die beiden Pilotinnen verschwunden. Stattdessen fand er sich Auge in Auge mit drei großen, übel aussehenden Gestalten wieder. Ihre

Körper waren von panzerartigen Schuppen bedeckt und ihre breiten, lippenlosen Mäuler waren voller scharfer Zähne. Unter ihren Tuniken ragten lange Schwänze hervor, die langsam hin und her schwenkten, während dich die Drei in tiefen, kehligen Stimmen unterhielten.

Reptiloide Barabels!

„Lust, mitzumachen?“, knurrte einer von ihnen Boba an. Sie steckten mitten in einem dreihändigen Solitaire-Spiel. „Die Einsätze sind hoch, Jawa – dein Geld oder dein Leben!“

Der Barabel schlug mit einer seiner langen, spitzen Klauen nach ihm. Die anderen lachten.

Boba schüttelte den Kopf und wollte sich zurückziehen. Doch bevor er weit kam, packte ihn die Klauenhand des Barabels schnell wie der Blitz an der Schulter. Boba duckte sich und trat nach dem Knöchel des Barabels. Überrascht stieß der große Reptiloid einen wütenden Schrei aus. Er zog seine Hand zurück, die Klauen fest um Bobas Lumpenmantel geschlossen. Boba warf sich zu Boden. Der Lappen hing wie ein grauer Nebelfetzen von den Klauen des Barabels herunter.

„Das ist ja gar kein Jawa!“, zischte einer der anderen Barabels.

Stimmt genau, dachte Boba grimmig. Er rollte sich über den Boden, landete auf dem Bauch und versteckte sich sofort unter einem Tisch. Über ihm starrten die Barabels den zerfetzten Lumpen an. Sie sahen sich um. Ihre Nüstern blähten sich, als sie vergeblich nach Boba suchten.

Der zog sich so tief wie möglich unter dem Tisch zurück und hielt den Atem an. Einer der Barabels schüttelte seinen großen, echsenartigen Kopf. Er schnaubte, riss seinem Freund den Lumpen aus der Hand und warf ihn sich über die Schulter.

„Vergiss ihn! Aasfressender Abschaum! Zurück zum Spiel!"

Die Barabels stellten sich wieder dicht zusammen und beugten sich mit gierig klackenden Kiefern über die Karten in ihren Klauen.

Boba seufzte erleichtert. Er war in Sicherheit.

Zumindest im Augenblick.

Kapitel 17

Er ruhte sich nur ein paar Minuten aus.

Und was jetzt?, fragte er sich. Er hatte seine Verkleidung verloren. Wenn er jetzt umherging, würde man ihn erkennen und aus dem Spielpalast werfen. Vielleicht würde man ihm sogar seine Karte abnehmen. Dann wäre er völlig auf sich gestellt, ohne Geld und ohne eine Möglichkeit, aus der Unterstadt zu gelangen.

Und das wäre noch der *günstigste* Fall.

Im schlechtesten Fall würde man ihn umbringen. Oder Sklavenhändler würde ihn gefangen nehmen.

Boba biss grimmig die Zähne zusammen. Das würde niemals passieren. Er würde es nicht zulassen. Ein guter Kopfgeldjäger würde niemals gefangen genommen werden.

Und er würde einmal einer der Besten werden.

Aber er brauchte einen Plan. *Wenn* er den Twi'lek aufspüren konnte und *wenn* der Twi'lek wirklich Bib Fortuna war, könnte er ihn vielleicht zu Jabba the Hutt führen. *Wenn* Jabba the Hutt überhaupt hier war und wenn der Gangster ihm überhaupt helfen würde, zurück zur Ebene Zwei zu gelangen.

Das sind eine ganze Menge Wenns, dachte Boba.

Er kroch langsam auf die andere Seite des Tisches zu. Von dort betrachtet, war der Spielpalast der Hutts ein einziger Wald aus Beinen. Boba suchte den Raum nach Beinen ab, die einem Twi'lek gehören könnten. Die fand er zwar nicht – aber dafür jemand anderen.

Auf der anderen Seite des Raumes, in einem dunklen Erker, stand eine vertraute, schattenhafte Gestalt mit verschränkten Armen. Die Gestalt trug einen engen Body. Die Beine steckten in hohen braunen Lederstiefeln. Eine lederne Waffenweste bedeckte die Brust. Ihre Haut leuchtete sogar im schummrigen Licht dieses Zockernestes weiß. Ein langer Zopf aus hellrotem Haar fiel ihren Rücken hinunter. Stechend blaue Augen suchten den Raum ab und ließen nichts außer Acht. Sie sahen alles.

Aurra Sing.

Bobas Herz raste. Er hatte eigentlich gedacht, dass es nicht schlimmer hätte werden können. Aber es war noch schlimmer geworden. Es gab nur etwas, das schlimmer war, als gefangen genommen oder getötet zu werden: von der furchtbarsten Kopfgeldjägerin der Galaxis gefangen genommen oder getötet zu werden. Aurra Sing würde keine Gnade kennen. Es würde ihr vollkommen gleichgültig sein, ob er ein Kind oder der Sohn von Jango Fett war. Für sie war er einfach ein Verräter. Jemand, der sie um ihren Anteil an einem

Vermögen bringen wollte – auch wenn das Vermögen gar nicht ihr gehörte.

Wie auch immer, jetzt war nicht der Zeitpunkt, um auf einen ehrlichen Umgang mit ihr umzuschwenken. Boba beobachtete, wie sie den Raum absuchte. Plötzlich drehte sie sich auf dem Absatz um und ging los, und zwar genau auf den Tisch zu, unter dem er kauerte.

Boba hielt den Atem an und rührte sich nicht. Er sah, wie das braune Stiefelpaar nur ein paar Zentimeter vor seiner Nase an ihm vorüberging und vielleicht zwei Meter von ihm entfernt stehen blieb. Er hörte das zischende Flüstern der Barabels, die sich in ihrer Sprache unterhielten. Dann wurde Aurras kraftvolle Stimme hörbar.

„Ich suche einen Jungen", sagte sie. „Vielleicht so groß. Braunes Haar, braune Augen. Er trägt eine blaue Tunika und schwarze Stiefel, könnte sich aber auch verkleidet haben." Sie machte eine kurze Pause und fügte missgelaunt hinzu: „Das würde ich ihm durchaus zutrauen."

„Wir haben niemanden gesehen", zischte einer der Barabels. „Und jetzt verschwinde, es sei denn, du willst bei unserem Spiel mit... arg!"

Boba schob sich so weit vor, dass er einen Blick auf die Szenerie erhaschen konnte. Aurra Sing hatte eine ihrer starken Hände fest um die Kehle des Barabels gelegt. In der anderen hielt sie einen Dolch.

„Ich bin nicht hier, um meine Zeit mit Abschaum wie dir zu verschwenden", wütete sie. „Antworte! Hast du einen Jungen gesehen?"

„Jaaa", sagte der Barabel tonlos. Er gestikulierte wild mit seiner Klauenhand. „Erst vor ein paar Minuten ... genau da drüben ..."

Boba holte tief Luft. Jetzt durfte er keine Zeit verlieren. Er drehte sich um und kroch auf das Ende des Tisches zu. Dort war eine massive Holzwand. Boba tastete den Boden nach einer Waffe ab – einem Stein, einem Stock oder sonst etwas, das er zur Selbstverteidigung verwenden konnte. Er bekam etwas Kaltes, Hartes zu fassen. Einen schweren Metallring, größer als seine Hand. Er zog daran so fest er konnte. Er schien eine Tonne zu wiegen, doch er zog weiter, bis sich der Ring schließlich bewegte.

Aber zu seinem Entsetzen bewegte sich der Boden ebenfalls. Boba sah erstaunt nach unten.

Der Ring war am Boden befestigt. Es war gar kein Ring, sondern ein Griff. Als er daran gezogen hatte, hatte er eine Luke bewegt.

Es war eine hölzerne Falltür.

„Ich würde euch raten, mich nicht anzulügen", erklang Aurra Sings Stimme aus nur ein paar Metern Entfernung. „Sonst schnitze ich euch neue Schuppen in eure hässlichen Visagen."

Boba hörte Schritte. Es war Aurra, die auf den Tisch zukam. Er zog noch fester an dem Ring und versuchte, die Falltür weiter anzuheben. Die Schritte kamen näher. Das Holz knarrte und schabte, als sich die Tür langsam hob. Das Geräusch erschien Boba ohrenbetäubend laut. Die Falltür war jetzt ein paar Zentimeter angehoben. Er schob seine Hände darunter und drückte sie mit aller Kraft nach oben, bis der Spalt groß genug war, damit er sich hindurchzwängen konnte. Er schob seine Beine durch den Spalt und spürte nichts.

Was wäre, wenn es wirklich keinen Boden gab? Was wäre, wenn die Falltür ins Nichts führte?

„In Ordnung, Junge, das war's!" Aurra Sings drohende Stimme drang aus dem Raum über Boba an seine Ohren.

Er holte ein letztes Mal tief Luft und zwängte seine Beine durch die Falltür. Dann die Brust und die Schultern. Er ließ sich nach unten gleiten, die Hände noch an der hölzernen Lukentür. Unter ihm war nichts und das so schwarz wie die Luft der Unterstadt. Einen endlos langen, furchtbaren Moment hing er zwischen dem Fußboden über ihm und diesem Nichts unter ihm. Dann ließ er mit einem Keuchen die Tür fallen. Sie fand lautlos wieder ihren Platz und Bobas Finger glitten von dem Holz ab. Seine Arme ruderten in der Luft. Und dann fiel Boba, ohne ein Geräusch von sich zu geben.

Kapitel 18

Es schien ihm, als würde er endlos lange durch diese enge, heiße Dunkelheit fallen. In Wirklichkeit war es aber nur eine Sekunde.

„Au!“ Mit einem dumpfen Schlag fiel er auf den Boden. Einen Augenblick blieb er liegen und versuchte, wieder zu Atem zu kommen. Er starrte nach oben. Vielleicht drei Meter über ihm konnte er ein schwarzes Quadrat sehen, eingerahmt von vier dünnen, blass leuchtenden Linien.

Die Falltür.

Würde Aurra diese Tür finden? Boba hatte nicht vor zu warten, um es herauszufinden. Er stand vorsichtig auf und blinzelte, als sich seine Augen an die Dunkelheit gewöhnten. Über ihm hörte er den gedämpften Lärm der Spielhölle. Als sich seine Augen an die Dunkelheit gewöhnt hatten, stellte er fest, dass er ein wenig sehen konnte. Im blassen Licht, das durch die Falltür drang, sah er, dass er sich in einem Tunnel befand, der sich vor und hinter ihm in die Dunkelheit erstreckte. Er drehte sich um und versuchte, etwas zu erkennen.

In welche Richtung sollte er gehen?

Über ihm hörte er, wie Stiefel auf dem Boden scharrten.

Aurra.

Boba beschloss, vorwärts zu gehen – und zwar schnell. Er streckte die Hände vor sich aus und ging so schnell er sich traute los. Er schauderte, als hin und wieder etwas Feuchtes, Leichtes seine Hände oder sein Gesicht berührte.

Spinnweben. Zumindest *hoffte* er, dass es nur Spinnweben waren. Manchmal glaubte er, etwas an seinen Füßen rascheln zu hören, ein trockenes, klackerndes Geräusch, wie es viele Beine von sich gaben. Und nachdem er sich ein paar Minuten in der Dunkelheit vorangetastet hatte, hörte er noch etwas.

Stimmen.

Sie kamen von irgendwo vor ihm. Boba fiel auf, dass der Tunnel heller zu werden schien. Anstatt von absoluter Dunkelheit war er jetzt von einem dunklen Grau umgeben, so als stünde er in einer Rauchwolke. Und er konnte sehen, dass von ‚seinem' Tunnel weitere Tunnels abzweigten. Alle führten in absolute Dunkelheit. Aus manchen der Abzweigungen drangen leise Krabbel- und Zwitschergeräusche.

Boba schauderte. Wenn er versehentlich einen dieser Tunnels gewählt hätte, würde er vielleicht für immer hier umherwandern. Er wollte nicht darüber nachdenken, was wohl in diesen dunklen Gängen lebte.

Er hörte keine Schritte, die ihm folgten. Es gab kein Anzeichen dafür, dass Aurra Sing ihm auf den Fersen war. Wieder einmal hatte er es geschafft, ihr zu entkommen.

Vielleicht hielt seine Glückssträhne ausnahmsweise einmal an.

Das Licht leuchtete direkt vor ihm. Boba ging eilig darauf zu. Er war so darauf konzentriert, es zu erreichen, dass er das leise Rascheln von vielen winzigen Beinen hinter ihm im Tunnel gar nicht hörte.

Nur ein paar Meter vor ihm hörte der Tunnel abrupt auf. Auf dem Boden war ein blass leuchtendes quadratisches Feld zu sehen. Boba sah näher hin und erkannte, dass ein kleines Gitter in den Boden eingelassen war. Darunter lag ein Raum, in dem er schemenhafte Gestalten ausmachen konnte.

„Seid Ihr sicher, dass wir hier in Sicherheit sind?", fragte eine Stimme in dem Raum dort unten.

„Hundertprozentig", gab eine sehr tiefe Stimme langsam zurück. Ihr Lachen klang Furcht erregend hohl. „Ha ha ha! Mein Onkel hat persönlich dafür gesorgt, dass dieser Ort sicher ist. Niemand kann hier ohne unser Wissen eindringen."

Bobas Augen weiteten sich. Er blickte in eine Geheimkammer! Das Gitter musste hier angebracht worden sein, um die Kammer auszuspionieren! Boba ging langsam zu Boden, bis er kniete und spähte vorsichtig über den Rand des Gitters. Er achtete darauf, dass er sich rechtzeitig zurückziehen konnte, falls jemand nach oben sah.

„Gut so", sagte die erste Stimme. Boba blinzelte. Nach der Dunkelheit des langen Tunnels war es nicht einfach, sich wieder an das Licht zu gewöhnen. Aber nach ein paar Sekunden sah er schon wieder deutlicher.

Und was er sah, ließ ihn vor Überraschung den Atem anhalten.

In dem Raum dort unten saß eine große, skelettartig dünne Gestalt auf einem riesigen Stuhl. Auf beiden Seiten des Stuhles standen bewaffnete Wachen. Es waren keine Klonkrieger oder Droiden, sondern muskulöse Humanoiden in mausgrauen Uniformen mit Blastern an den Gürteln. Die Gestalt, die sie bewachten, war San Hill.

„Es liegt im Interesse Eures Onkels, unsere Sache zu unterstützen", sagte der Anführer des Bankenclans. „Das hat mir Count Dooku versichert."

Boba musste sich noch tiefer beugen, um einen Blick auf das andere Wesen in dem Raum zu erhaschen. Es war groß, um nicht zu sagen: riesig. Ein gewaltiger Haufen von einem schneckenartigen Körper, der auf einem noch größeren Thron lag. Das Wesen hatte zwei winzige, schwächlich wirkende Arme und einen langen, fetten Schwanz. Der ganze Körper vom Froschmaul bis hin zum Schwanz war mit dicken Fettringen übersät. Auch dieses Wesen war von Wachen umgeben. Boba schluckte nervös.

War das etwa Jabba the Hutt? Wenn er es war, dann war er noch abstoßender, als sein Vater ihn beschrieben hatte.

Der schneckenartige Gigant schüttelte den Kopf. „Mein Onkel wird sich selbst ein Bild machen", sagte er mit seiner donnernden Stimme. „Er lässt sich nicht drängen. Auch nicht von Count Dooku."

„Warum ist Euer Onkel nicht hier?“, fragte San Hill in einem ruhigen, aber auch genervten Tonfall. Er schien verärgert und irritiert zu sein. „Ich wünsche, mit Jabba selbst Geschäfte zu machen und nicht mit irgendeinem Untergebenen!“

„Gorga ist kein Untergebener!“, donnerte der Hutt. Er klopfte sich mit seinen winzigen Armen auf die riesige, schleimige Brust. „Mein Onkel ist damit beschäftigt, unsere Interessen auf Tatooine zu wahren. Wenn Ihr es wünscht, könnt Ihr ihn dort besuchen. Aber ich würde Euch davon abraten.“ Gorga lachte ein langes, rollendes Lachen.

Boba zog eine Grimasse. Das war also Jabbas Neffe! Er konnte sich nur schwerlich etwas Abstoßenderes als Gorga vorstellen. Aber sein Anblick war wohl nur ein Vorgeschmack auf das, was ihn vermutlich erwarten würde, wenn er Jabba sehen würde.

Boba überkam ein Anflug von Enttäuschung und Nervosität. Er hatte gehofft, dass Jabba hier wäre, um ihm einen Ratschlag zu geben beziehungsweise das Wissen, von dem sein Vater gesagt hatte, das es der alte Verbrecherfürst besaß.

Aber Jabba war nicht hier. Er war auf Tatooine.

Ich muss irgendwie zur Slave I kommen, dachte Boba grimmig. *Ich muss nach Tatooine.*

Er hatte genug Zeit in der Unterstadt verschwendet. Er hatte die Informationen, die er über das Vermögen seines Vaters brauchte. Es lag in den Schatzkammern der Kuat-Bank auf Ebene Zwei. Er hatte seine Karte. Die *Slave I* wartete auf

Ebene Eins auf ihn. Alles, was er tun musste, war, zu der Bank zu gehen und seine Credits zu holen. Dann hatte er genug, um Aargau verlassen und sich auf den Weg nach Tatooine machen zu können.

Schon der Gedanke ans Fliegen genügte, dass sich Boba wieder besser fühlte. Er würde den Weg durch den Tunnel zurück zu der Falltür gehen und hinausklettern. Dann würde er herausfinden, wie er zur Ebene Zwei gelangen konnte. Er war ganz allein so weit gekommen, oder etwa nicht?

Er würde auch den Rest schaffen.

Boba begann mucksmäuschenstill, sich zentimeterweise von dem Gitter zurückzuziehen. Dann drehte er sich um und lief den Tunnel zurück. Er folgte allerhand Kurven und sah wieder die Nebengänge, die ihn wie riesige, dunkle Mäuler angähnten.

Sieh nicht hin. Behalte den Tunnel im Blick!

Vor ihm sah er schon den silbernen Lichtstrahl, der durch die Falltür fiel. Er lief schneller.

Und blieb plötzlich stehen.

„Nein!“, flüsterte er.

Irgendetwas kam von der Mitte des Tunnels auf ihn zu gekrochen. Es war etwas länger als einen halben Meter und besaß eine Menge Gliederfüße und einen langen, ebenfalls gegliederten Körper. Das Insekt hatte zwei lange, klackende Greifzangen über seine Fressklauen erhoben und die kleinen, roten Augen auf Boba gerichtet. Jetzt kam es mit klackenden Kiefern auf ihn zu.

Ein Kretch!

Boba trat nach dem Wesen. Er hörte, wie dessen Kiefer klackten, und spürte, wie sie seinen Schenkel streiften, als es nach ihm sprang. Boba machte einen Satz zur Seite, doch der Kretch war zu schnell. Er sprang ihm hinterher und streifte seinen Stiefel.

Boba trat wieder zu. Zufrieden spürte er, wie sein Fuß das skorpionartige Wesen traf. Der Kretch flog davon und schlug mit einem lauten Krachen gegen die Tunnelwand.

Doch jetzt hörte Boba noch mehr Geräusche. Noch mehr kleine, klackende Insekten kamen den Tunnel entlang.

Er drehte sich um und rannte auf die Falltür zu … und lief geradewegs in eine große Gestalt. Es war ein Mann, der dieselbe graue Uniform trug wie die Wachen, die San Hill in Gorgas Versteck umgeben hatten.

Doch dieser Mann war keine Wache oder ein Untergebener der Hutts. Er trug die Uniform eines hochrangigen Offiziellen aus San Hills Stab, einen breiten, dekorativen Gürtel und sein Gesichtsausdruck zeigte gleichzeitig Misstrauen und Beherrschung. Er lächelte Boba grimmig an.

„Wohin soll es denn gehen?“, fragte er.

Kapitel 19

Boba starrte den Offiziellen voller Schrecken an. Hinter dem Mann klapperten und raschelten die Kretch-Insekten. Der sah hinunter zu den Biestern, packte Boba mit einer Hand und presste die andere gegen die Wand. Sofort öffnete sich eine versteckte Tür. Der Mann zerrte Boba hinter sich her. Die Tür schloss sich, als die Kretch-Insekten zischten und schnatterten, voller Wut, ihr Opfer verloren zu haben.

„Aha." Der Mann musterte Boba nachdenklich. „Es scheint, als hätten wir einen Spion in unseren Reihen. Aber keinen sonderlich vorsichtigen. Dann wollen wir mal einen Blick auf dich werfen."

Er leuchtete mit einer Stablampe in Bobas Gesicht. Der Junge schirmte seine Augen mit der Hand ab, als der Mann ihn aufmerksam betrachtete. Er hatte lange, rötliche Haare und raue Gesichtszüge. Eine gezackte Narbe verlief unter seinem Auge über seine Wange bis zum Kinn hinunter.

„Wer seid Ihr?", fragte Boba.

„Ich bin der Vize-Vorsitzende Kos vom Galaktischen Rechnungsamt“, gab der Mann zurück. Boba sah ihn trotzig an, sagte aber kein Wort. Der Mann musterte ihn immer noch. Irgendwann schüttelte Kos schließlich den Kopf. Seine Augenschlitze wurden enger und sein Gesichtsausdruck veränderte sich.

„Ich weiß, wer du bist“, sagte er. „Du bist dieser Clawditen-Spion, von dem wir gehört haben.“ Ein leises, beinahe bewunderndes Lächeln kam über sein Gesicht. „Getarnt als kleiner Junge. Sehr clever.“

Boba wollte schon den Kopf schütteln, änderte aber schnell seine Meinung.

Ein Clawditen-Formwandler konnte aussehen wie alle möglichen Wesen in jeder nur möglichen Größe. Der Vize-Vorsitzende hielt ihn für Nuri!

„Allerdings“, sagte Boba langsam. Er sah den Mann aufmerksam an.

Das Lächeln des Offiziellen verhärtete sich. „Nun denn, San Hill hat seine eigenen Methoden im Umgang mit Spionen.“ Er zog Boba zu sich hin.

„Die hat mein Meister auch“, sagte Boba.

Kos hielt inne. Er starrte Boba misstrauisch an. „Was willst du damit sagen?“

Boba zögerte. Er besaß tatsächlich die Art von Information, die ein Spion besitzen würde: echte, möglicherweise tödliche Information. Von allen Wesen hier auf Aargau – vielleicht sogar in der gesamten Galaxis – wusste Boba als einziger, dass Count Dooku ein tödliches Spiel spielte: Er spielte die Rollen zweier Männer auf verschiedenen Seiten eines großen, galaxisweiten Konflikts.

Diese Information war es wert, sein Leben aufs Spiel zu setzen. Und genau das tat Boba jetzt.

„San Hill kennt nur einen Teil der Geschichte", sagte Boba. Er versuchte, seine Stimme so ruhig wie möglich klingen zu lassen.

„Und du kennst den Rest?", spottete der Vize-Vorsitzende. Aber er schien beunruhigt zu sein. Er warf einen Blick über die Schulter und zog Boba noch dichter an sich heran. „Was hast du gehört?", fragte Kos flüsternd. Er drückte Bobas Arm so fest mit seiner behandschuhten Hand, dass es schmerzte. „Es gibt Gerüchte. Tausende von Gerüchten."

Bobas Herz hämmerte in seiner Brust. Er war in großer Gefahr. Doch Gefahr birgt auch immer Möglichkeiten. Wenn er jetzt schlau vorgehen würde, könnte er diesen Mann benutzen, um aus der Unterstadt zu entkommen. Vielleicht würde er es mit seiner Hilfe sogar schaffen, von Aargau fortzukommen ...

„Ich weiß nichts von Gerüchten", sagte Boba schließlich. Er hob stolz den Kopf und sah dem Vize-Vorsitzenden in die Augen. „Ich kenne nur die Wahrheit. Aber die hat ihren Preis."

Kos starrte Boba eindringlich an. Er schien seine Möglichkeiten abzuwägen.

„Ich habe nicht den ganzen Tag Zeit", sagte Boba. „Und die, denen ich diene, auch nicht." Er warf einen wissenden Blick hinter den Vize-Vorsitzenden, so als würde er dort jemanden sehen.

Kos richtete sich auf. Seine Hand wanderte an seinen Waffengürtel, so als wollte er sich irgendwie vergewissern. „Wie hoch ist dein Preis?“, fragte er. „Deine armselige Formwandler-Haut sollte Preis genug sein! Du sagst mir, was du weißt, und ich lasse dich frei – vorerst.“

Boba musste sich beherrschen, um nicht die Ruhe zu verlieren. Er spürte Kos' Angst. Wenn er jetzt seine eigene Angst im Griff behalten würde, könnte er die Oberhand gewinnen. „Nein. Das genügt nicht. Ich werde mein Wissen teilen, aber zuerst bringt Ihr mich auf Ebene Zwei.“

„Ebene Zwei?“ Der Vize-Vorsitzende lachte. Dann änderte sich sein Lachen in verhaltene Wut. „Ich könnte dir hier und jetzt das Genick brechen, aber wenn San Hill deine Informationen erst einmal gehört hat, wird er unterhaltsamere Methoden anwenden, um dich zu töten.“

„Wenn er meine Informationen gehört hat“, sagte Boba leise, „wird er *Euch* töten, weil Ihr mich nicht früher zu ihm gebracht habt. Aber bis dahin wird mein Meister hier sein und ...“

Er beendete seinen Satz mit einem drohenden Unterton.

Der Mann starrte ihn an. Sein Gesicht wurde rot vor Zorn. Seine Hand rutschte an Bobas Hals hoch.

Boba holte tief Luft. Wenn er schon sterben musste, würde er wenigstens kämpfen. Er sah sein Gegenüber trotzig und ohne Angst an.

Doch in diesem Augenblick ließ Kos von ihm ab. Er sah den Jungen an und nun war in seinem vernarbten Gesicht mehr Respekt für Boba zu erkennen. Schließlich nickte er.

„In Ordnung“, sagte er. „Wir machen es so, wie du es vorgeschlagen hast. Es gibt genug Schwierigkeiten, so viel ist sicher. Vielleicht ist es besser, dass ich hier verschwinde, bevor der Sturm losbricht.“

Er stieß Boba grob vor sich her. Das Klicken eines Blasters, der vom Holster gelöst wurde, war zu hören. „Aber an deiner Stelle würde ich nicht einmal daran denken zu fliehen. Ich bringe dich zur Ebene Zwei …“

„Zur Kuat-Bank“, sagte Boba schnell.

Der Mann schwieg einen Augenblick. Dann lachte er. „Kuat, ja? Offensichtlich bezahlt dich irgendjemand sehr gut für deine Dienste. Aber ich nehme mal an, dass du es wert bist.“

Ihr habt keine Ahnung, wie viel ich wert bin, dachte Boba, als der Offizielle ihn durch den dunklen Tunnel zurückbrachte.

Kapitel 20

Es schien Boba Stunden zu dauern, als sie durch die beinahe vollkommene Dunkelheit der Tunnels marschierten, nur geleitet vom Licht der Stablampe. In Wirklichkeit war nur wenig Zeit vergangen. Boba musste sich immer wieder ins Gedächtnis rufen, dass einen die Dunkelheit täuschte – so wie alles auf Aargau.

Endlich erreichten sie einen Punkt, an dem der Tunnel breiter wurde. Vor ihnen war eine breite Metalltür. Und vor der Tür stand ein Luftgleiter.

„Einsteigen", schnauzte Kos. Er hielt seinen Blaster auf Boba gerichtet.

Boba kletterte in die Maschine. Er konnte sich ein Grinsen nicht verkneifen. Allein der Anblick eines Cockpits und das Gefühl darin zu sitzen, ließen sein Herz vor Aufregung höher schlagen!

„Was grinst du so?", fragte der Vize-Vorsitzende misstrauisch.

Boba versuchte, gelassener dreinzublicken. „Ich glaube, dass Ihr die richtige Entscheidung getroffen habt“, sagte er.

Das schien dem Vize-Vorsitzenden als Erklärung zu genügen. Er stieg in den Pilotensitz, setzte sich hinter die Kontrollen und drückte auf einen Knopf. Die breite Tür glitt auf und gab den Blick auf einen riesigen, leeren Luftschacht frei, der sich anscheinend endlos nach oben in die Dunkelheit erstreckte. Boba reckte seinen Hals und sah nach oben.

Nicht endlos. Weit, weit oben sah er ein blasses grünes Leuchten.

„Eine Abkürzung“, sagte der Vize-Vorsitzende. Er gestattete sich ein Lächeln. „Der Lüftungsschacht führt genau auf Ebene Zwei. Und – du hast Glück – die Schatzkammern der Kuat-Bank sind nicht weit davon entfernt.“

Er nahm ohne Vorwarnung die Kontrollen in die Hand und ließ den Generator anlaufen. Der Luftgleiter machte einen holprigen Satz nach vorn. Und dann, als Kos Gas gab, schoss die Maschine senkrecht nach oben.

Boba hielt sich an seinem Sitz fest. Das war genau das Richtige für ihn! Er beäugte sehnsüchtig die Kontrollen des Luftgleiters. Die Maschine taumelte vor und zurück und stieg so schnell, dass der Luftdruckwechsel in Bobas Ohren schmerzte. Er sah zur Seite und beobachtete, wie Kos den Gleiter steuerte.

Ich könnte dieses Ding besser fliegen als er, dachte Boba verächtlich.

Dabei musste er zugeben, dass der Vize-Vorsitzende schnell flog. Minutenlang stiegen sie so höher und höher und höher und früher als Boba erwartet hatte, blieb der Gleiter stehen.

„So", sagte Kos. Der Gleiter schwebte mitten in dem Luftschacht. Ein paar Meter entfernt gab es eine Wand mit einer Tür darin. An der Tür war ein Schild.

EBENE ZWEI stand da in leuchtenden grünen Buchstaben.

Eine Metallplattform ragte unter der Tür hervor in die Leere. Boba sah sich um. Auch nichts weiter als Leere. Er schaute nach oben in die Dunkelheit.

Er konnte es kaum sehen, aber da war es: Das blasse rote Leuchten von Ebene Eins. Wieder sah er nach unten und schluckte. Sie mussten sich viele Kilometer über der Unterstadt befinden.

„Also", sagte Kos und wandte sich an Boba. Sein Blick war jetzt noch intensiver und bedrohlicher. „Siehst du die Tür dort? Ich werde sie öffnen und dir erlauben, auf Ebene Zwei zu gehen. Aber nicht, bevor du mir gesagt hast, was du weißt."

Bobas Blick wanderte von dem Mann zu der Plattform. Wenn er aus dem Luftgleiter springen würde, könnte er es vielleicht schaffen. Aber dann war noch immer die Tür verschlossen.

Und wenn er abstürzte ...

Boba schluckte. Er musste an seinen Vater denken: Wie auch immer Jango sich gefühlt hatte, nach außen hatte er den Eindruck eines tapferen Mannes vermittelt.

Ich habe oft Angst, Boba, hatte er einmal gesagt. *Aber wenn dein Feind jemals sieht, dass du Angst hast, bist du erledigt.*

Boba redete sich ein, er wäre ebenso stark und kräftig wie sein Vater. Er stellte sich vor, dass man ihm seine Angst nicht anmerkte – obwohl er sich nicht so fühlte.

„San Hill versucht, Gelder für die Sache der Separatisten zu beschaffen. Die Separatisten haben sich unter Count Dooku vereint …"

Der Vize-Vorsitzende verzog ärgerlich das Gesicht. „Das ist nichts Neues! Jeder weiß doch, dass …"

„Ich bin noch nicht fertig", sagte Boba kühl. „Wusstet Ihr, dass ein Mann namens Tyranus einen Kopfgeldjäger namens Jango Fett anheuerte, damit er den Kaminoanern als Vorbild für eine Klonarmee für die Galaktische Republik dient?"

„Ich habe so etwas gehört", gab Kos zu. Sein Interesse wuchs.

„Was ich weiß, ist Folgendes: Dooku und Tyranus sind ein und dieselbe Person."

Der Mann sah ihn ungläubig an. Dann begann er zu lachen. „Einen Augenblick habe ich dir tatsächlich geglaubt", sagte er. Dann errötete er. „Aber ich habe keine Zeit zu verlieren. Sag mir die Wahrheit! Was weißt du?"

Boba zögerte. Er wusste, dass er sein Leben riskierte, indem er sein Geheimnis mit jemandem teilte. Doch es war die einzige Waffe, die er besaß.

„Er ist mit dem Aufbau zweier Armeen beschäftigt", fuhr Boba langsam fort. „Er hat Millionen – Milliarden – für Droiden und die Klone ausgegeben. Und am Ende wird nur er von einem Krieg profitieren."

Boba war klar, wie unglaubwürdig seine eigenen Worte

klangen. Aber der Vize-Vorsitzende schien sie mit anderen Ohren zu hören.

„Tyranus ... ist Dooku?“, fragte er leise. „Aber ...“

Er schüttelte den Kopf. Er sah verblüfft und ungläubig zugleich drein, aber Boba konnte sehen, dass schon Zweifel keimten.

„Bist du dir dessen sicher?“, fragte Kos schließlich. „Das wäre Verrat. Hochverrat.“

Boba nickte. Kos starrte nachdenklich die Kontrollkonsole an. Dann sagte er zu sich selbst. „Das muss ich San Hill sagen.“

Ohne ein weiteres Wort steuerte er den Luftgleiter über die Plattform unter der Tür. Das Fahrzeug wiegte sanft in der Luft. Kos streckte die Hand aus und drückte einen Knopf. Die Tür zur Ebene Zwei öffnete sich.

„Steig aus“, sagte er knapp. „Bevor ich es mir anders überlege und dich umbringe.“

Boba sprang mit klopfendem Herzen auf die Plattform. Es dauerte eine Sekunde, bis er sein Gleichgewicht wieder gefunden hatte. Dann lief er durch die offene Tür.

„Warte“, rief der Vize-Vorsitzende hinter ihm.

Boba drehte sich um. Der Mann stand halb erhoben in seinem Luftgleiter und hatte den Blaster gezogen.

„Du hast dir zu lange Zeit gelassen“, sagte Kos leise. „Ich habe es mir anders überlegt.“

Kapitel 21

Boba drehte sich keuchend um und lief zur Tür. Doch noch bevor er sie erreichte, ertönte hinter ihm eine Explosion. Er warf einen Blick über die Schulter und sah, wie Kos sich umdrehte, um etwas unter seinem Luftgleiter anzustarren. Das Dröhnen eines Hoverbikes ertönte und kurz darauf noch eine Explosion, die den Gleiter erschütterte. Einen Augenblick später kam das Hoverbike in Sicht. Darauf saß eine vertraute, rothaarige Gestalt.

„Aurra", sagte Boba ungläubig. Er sah, wie sie ihren Blaster hob, auf ihn zielte und ihn mit stechendem Blick anschaute.

„Zwei auf einmal", sagte sie zufrieden, legte ihren Blaster an und schoss. Ein zweiter Schuss ertönte, als der Vize-Vorsitzende Aurras Feuer erwiderte. Das Hoverbike schaukelte leicht.

Boba machte ohne zu zögern einen Satz auf den Luftgleiter und schaffte es gerade noch, als das Fahrzeug von der Plattform abdrehte. Kos sah ihn an, eine Hand an den Kontrollen und in der anderen den Blaster.

„Das ist Aurra Sing“, sagte der Mann grimmig. „Wenn sie auch mit dieser Sache zu tun hat ...“

Er hielt mitten im Satz inne. Es schien, als hätte Aurras plötzliches Auftauchen dafür gesorgt, dass der Vize-Vorsitzende Boba noch ernster nahm. Der Gleiter heulte auf und ging in einen nervenzerfetzenden Sturzflug über. „Übernimm das Steuer!“, schrie Kos, als sie von einer dichten Feuersalve eingehüllt wurden.

Boba nickte und sprang in den Pilotensitz. Der Vize-Vorsitzende drehte sich um und behielt Aurras Verfolgungsaktion im Auge. „Ebene Zwei ist voller Sicherheitskräfte“, sagte er kopfschüttelnd. „Damit kommt sie niemals durch.“

„Das wird uns nichts helfen, wenn wir tot sind“, gab Boba zurück. Er folgte mit dem Gleiter einer scharfen Kurve des Luftschachts und riss dann so hart am Steuer, dass die Maschine schlagartig nach oben in die Dunkelheit flog. „Mal sehen, ob wir sie abhängen können.“

Boba sah sich in dem riesigen Raum um, der sie umgab. Lichter aus Fenstern und Türen verwischten angesichts ihres Tempos zu undeutlichen, weiß-grünen Linien. Das Brummen des Hoverbikes hinter ihnen war zu einem wütenden Brüllen angeschwollen. Bogen aus weißglühendem Plasma schossen an dem Gleiter vorbei und versengten die Luft. Einmal landete Aurra einen direkten Treffer und der Gleiter kippte alarmierend nach links. Boba korrigierte schnell die Flugbahn. Als Aurra genau hinter ihnen war, brachte er den

Gleiter in den Sturzflug und zog ihn gleich wieder hoch. Das Hoverbike kreischte unter der Last der Verfolgungsmanöver.

„Ist der Schaden groß?“, brüllte Boba über den Lärm der Maschinen hinweg.

„Nicht ernsthaft“, rief Kos zurück. Er warf seinen Blaster wie wild hin und her und versuchte, Aurra Sing ins Visier zu bekommen. Doch sie war zu flink. „Ich werde Verstärkung rufen.“

Boba schluckte. Wenn der Vize-Vorsitzende Verstärkung rief, würden Soldaten hierherkommen. Sie würden Aurra in Gewahrsam nehmen, aber ihn auch. Man würde ihn über das befragen, was er Kos erzählt hatte und …

Er schluckte noch einmal. Er wagte nicht, darüber nachzudenken, was mit ihm geschehen würde, wenn man ihn verhörte. Wenn San Hill erfahren würde, was er über Dooku und Tyranus wusste. Wenn es Count Dooku selbst erfuhr …

Er konnte nicht zulassen, dass der Vize-Vorsitzende redete. Boba lehnte sich über die Kontrollen und hielt sie mit eisiger Härte fest. Dann tippte er ein paar Befehle in den Comm Unit.

„Auf ihren Kopf ist ein Preis ausgesetzt“, sagte er. „Mein Meister wird Euch reichlich belohnen, wenn Ihr sie abliefert. Ich programmiere den Comm Unit für einen Notruf.“ Das war gelogen. Er tat an einem kleinen Display mit roten Lichtern so, als würde er die entsprechenden Befehle eintippen. Mit einem Blick über die Schulter vergewisserte er sich, dass

Kos noch immer das Hoverbike im Auge hatte, das hinter ihnen durch die Luft zischte. Dann sah er auf.

Vor ihnen tauchten noch schwärzere Abgründe auf: noch mehr Luftschächte oder Wartungstunnels. Boba konzentrierte sich auf einen davon, eine dreieckige Öffnung, die immer größer und größer wurde, als der Gleiter darauf zu schoss.

„Jetzt!", rief Boba. Er riss die Kontrollen herum und der Gleiter wechselte abrupt den Kurs, geradewegs in den stockdunklen Tunnel hinein.

„Was machst du?", fragte Kos aufgeregt.

„Ich weiche aus", sagte Boba. Hinter ihnen schoss Aurra Sings Hoverbike an dem Tunnel vorbei. Boba hielt den Atem an.

Wie erwartet tauchte das Bike ein paar Sekunden später wieder auf und kam den dunklen Tunnel hinter ihnen entlanggeschossen.

„Seht zu, dass Ihr sie jetzt ins Visier bekommt", sagte Boba und zeigte auf die Gestalt auf dem Hoverbike, einen schwarzen Schatten, der sich gegen das Licht der Tunnelöffnung abhob. „Ich halte den Gleiter ruhig."

Kos fummelte mit seinem Blaster herum. „Ich kann sie kaum sehen", sagte er. „Es ist hier so dunkel."

„Das bedeutet, dass ihr es ebenso schwer fallen wird, Euch ins Visier zu bekommen", sagte Boba.

Doch auch das war eine Lüge. Aurra Sing hatte den Verstand und den Instinkt eines Raubtiers. Und sie hatte die Fähigkeiten eines Raubtiers. Sie konnte in der Dunkelheit ebenso gut sehen, wie ein Tuk'ata …

Aber Kos nicht.

Boba hielt den Atem an. Er ließ sich tief in den Sitz sinken und hoffte, dass der Vize-Vorsitzende nichts merken würde. Doch der spähte noch immer unbeirrt in die Dunkelheit und versuchte, Aurra Sing zu treffen.

„Da ist sie", murmelte er. Boba hörte das leise Klicken seines Blasters. Kos hob den Arm.

Boba duckte sich, als eine Explosion die Luft erfüllte.

Doch es war kein Schuss von Kos gewesen. Aurra hatte geschossen.

„Erwischt!", krähte sie triumphierend. Boba verzog das Gesicht, als Kos' großer Körper über die Seite des Gleiters kippte und lautlos in die Tiefe des riesigen, leeren Schachtes fiel. Zu spät fiel Boba die Waffe des Vize-Vorsitzenden ein, die mit ihm die Tiefe gestürzt war.

Und jetzt war Boba allein mit Aurra Sing.

„Du hast also gedacht, dass du mich betrügen kannst? Da musst du schon besser nachdenken!"

Das Hoverbike schwebte mit einem gedämpften Heulen neben Bobas Luftgleiter. Er sah sich um, in der Hoffnung etwas als Waffe zu finden.

Nichts. Er ließ die Hände an den Kontrollen und starrte trotzig in die Dunkelheit zu Aurra hinüber.

„Auf Aargau kann man alles kaufen", sagte sie mit einem bösen Lachen. „Ich habe mir die Staatsbürgerschaft gekauft. Schade, dass du nicht lange genug leben wirst, um dasselbe zu tun."

Ihr Lachen erstarb und sie starrte Boba hasserfüllt an. „Mir entkommt niemand, Boba. Ich bin die Beste in dem, was ich tue."

„Mein Vater war besser", sagte Boba mit leiser, ruhiger Stimme. Er sah ihr genau in die Augen, während sie neben ihm her flog. Und er hatte absolut keine Angst. Boba ließ seine Hand langsam über das Kontrollfeld wandern. „Mein Vater hat nicht zum Spaß getötet. Oder aus Angst."

„Aus *Angst?*" Aurras Stimme erklang wie ein schriller Schrei. Ihre Augen flammten auf und auf ihrem Gesicht tauchten zwei dunkelrote Flecken auf. „Glaubst du etwa, ich hätte *Angst?* Ich glaube, es wird Zeit, dass ich dir einmal zeige, wovon du überhaupt sprichst!"

Ihr Gesicht erstarrte zu einer Maske des Zorns. Sie hob ihren Blaster vor das Gesicht und hielt das Bike ruhig auf Kurs. „Leb wohl, Boba", sagte sie.

Boba duckte sich. Er schlug mit der Hand auf die Kontrollkonsole und drückte den Umkehrschubknopf. Nur einen Zentimeter über seinem Kopf zuckte ein flammender Stich aus Aurras Blaster vorbei. Im gleichen Augenblick schoss der Gleiter nach hinten. Boba hatte gehofft, dass er geradewegs in Aurras Bike rasen würde. Stattdessen rammte er es nur seitlich. Aurra stieß wütende Flüche aus, als ihre Arme in der Luft ruderten und ihr nächster Schuss das Ziel weit verfehlte. Ihr Bike machte wilde Sätze und sie hatte Mühe zu verhindern, dass es in den Abgrund stürzte.

„Ja!", rief Boba triumphierend. Der Gleiter hüpfte in dem Tunnel hin und her, wobei er nur knapp die Wände verfehlte. Boba bekam ihn irgendwann wieder unter Kontrolle, riss das

Steuer herum und lenkte die Maschine in den Hauptschacht hinaus. Hinter ihm hörte er eine wütend schreiende Aurra Sing und das tiefer werdende Heulen ihres auslaufenden Bike-Antriebs. Er lenkte den Gleiter in die Richtung, aus der er gekommen war. Mit einem tiefen Röhren schoss er wieder zum Eingang der Ebene Zwei zurück.

Kapitel 22

Boba war sich darüber im Klaren, dass er Aurra Sing nicht für immer vom Hals hatte. Sie war wie ein Mynock, der an seinem Opfer klebte und kaum abzuschütteln war.

Aber es war nicht unmöglich. Als sich sein Gleiter dem Eingang von Ebene Zwei näherte, schaltete Boba den Comm Unit an. Sofort drang der Klang einer Stimme aus dem Lautsprecher.

„Sir, wir konnten Euch eine Zeit lang nicht erreichen. Alles in Ordnung?"

Boba räusperte sich. „Alles klar", sagte er in dem Versuch, seine Stimme so tief und gedämpft wie möglich klingen zu lassen. „Aber auf Ebene Zwei ist eine flüchtige Nichtbürgerin unterwegs. Sie ist bewaffnet. Es könnte Verletzte geben ..."

Und ich habe keine Lust, einer davon zu sein!

Hinter ihm hörte er schon wieder das Brummen von Aurra Sings Hoverbike und den nächsten Blasterschuss. Der Comm

Unit fiel aus. Boba beugte sich über die Konsole, ohne den Blick von dem zu nehmen, was vor ihm lag: der Eingang zur Ebene Zwei.

Näher, näher ... Er konnte schon das Schild sehen. Und die Tür dahinter. Orangefarbene und scharlachrote Funken flogen ihm um die Ohren, als er den Gleiter längs über die Plattform steuerte. Er sprang geduckt hinunter, drehte sich um und rannte zur Tür. Er schob sie auf und lief auf die Ebene Zwei.

Die Welt um ihn wechselte schlagartig die Farbe. Statt Dunkelheit umgab ihn jetzt ein allgegenwärtiges grünes Leuchten. Er befand sich zwar wieder in einem Tunnel, doch dieser war gut beleuchtet. An einer Seite des Tunnels blinkte ein Schild.

AUSGANG

Boba wirbelte herum. Am anderen Ende des Tunnels blinkte ein anderes Schild.

INTERGALAKTISCHE BANK VON KUAT
EINGANG

„Das ist es!", sagte Boba laut. Er lief los. Aus der Richtung der Tür, durch die er gerade gekommen war, hörte er das Summen des Hoverbikes, das plötzlich abgeschaltet wurde. Er musste sich nicht umdrehen, um zu wissen, dass Aurra Sing ihm auf den Fersen war.

Vor ihm, direkt neben dem Eingang zur Bank von Kuat, stand ein Sicherheits-Droide. „Kann ich bitte Eure Karte sehen?“, fragte er mit seiner teilnahmslosen, mechanischen Stimme.

Boba griff in seine Tasche. Einen Moment lang dachte er, sein Herz würde stehen bleiben. Er hatte die Karte verloren!

Aber nein, sie war zum Glück noch immer in der Tasche. Er zog sie heraus und gab sie dem Sicherheits-Droiden. Der hob die Karte vor seine Infrarot-Augen und scannte sie ab. Dann nahm er Bobas Hand. Der Junge spürte ein kurzes, heißes Stechen, als der Droide seine DNS prüfte. Dann nickte die Maschine.

„Sehr gut“, sagte er. „Ihr könnt eintreten.“

„Halt ihn auf!“, brüllte Aurra Sing vom anderen Ende des Tunnels.

„Du solltest ihre Staatsbürgerschaft prüfen“, sagte Boba außer Atem zu dem Sicherheits-Droiden. „Sie ist bewaffnet und ich glaube, ihre Papiere sind gefälscht.“

Er ging durch die Tür in die Bank. Hinter ihm hörte er Aurras Stiefel hektisch näher kommen. Dann hörte er die teilnahmslose Stimme des Droiden.

„Kann ich bitte Eure Papiere sehen?“, fragte die Maschine. Die Tür fiel hinter Boba ins Schloss. Er grinste, als er Aurras wütende Stimme hörte.

„Kann ich Euch behilflich sein?“

Es war der nächste Droide. Dieser hatte eine silbern-goldfarbene Hülle. Er stand vor einer riesigen schwarzen Wand.

In die Wand waren tausende von schwarzen Kästchen eingelassen, jedes mit einer Nummer versehen.

„Ich möchte holen, was mir gehört", sagte Boba keuchend. „Mein Vater hat hier etwas für mich zurückgelassen, bevor er starb."

„Natürlich", sagte der Droide höflich. „Kann ich bitte Eure Karte sehen?"

Boba gab ihm die Karte. Der Droide drehte sich um und rollte an der Wand entlang. Irgendwann blieb er stehen und steckte die Karte in einen Schlitz in der Wand. Eines der Kästchen öffnete sich. Der Droide holte etwas mit seinem mechanischen Arm daraus hervor. Er schloss den Kasten und rollte zu Boba zurück.

„Damit ist Euer Konto bei der Bank von Kuat aufgelöst", sagte er und gab Boba einen kleinen Lederbeutel. Der Roboter schob die Karte in einen Schlitz in seiner Brust. Ein Zischen ertönte und eine kleine Rauchwolke stieg auf. Die Karte war vernichtet.

Boba starrte den Beutel an. Er erschien ihm furchtbar klein zu sein. Er öffnete ihn und schüttete eine Hand voll glänzender, bunter Credits in seine Hand.

„Ist das alles?", fragte er den Droiden. „Mein Vater hat mir ein Vermögen hinterlassen!"

„Von dem Konto wurde heute ein größerer Betrag abgehoben", sagte der Droide in seiner ruhigen Stimme. „Fünfhunderttausend Mesarcs. Das ist der Rest. Euer Konto ist nun aufgelöst." Der letzte Satz klang irgendwie endgültig. Der Droide rollte davon.

Boba sah ihm ungläubig hinterher. Dann betrachtete er das Geld in seiner Hand an. Hinter ihm hörte er Stimmen.

„Lasst mich los! Ich sage doch, diese Papiere sind korrekt! Ich darf einen Blaster tragen!"

Es hörte sich ganz so an, als hätte Aurra Sing schwer mit den Sicherheitskräften von Aargau zu kämpfen. Als Boba in ihre Richtung sah, öffnete sich eine Seitentür und eine Gruppe schwer bewaffneter Soldaten kam herein. Ihre Uniformen waren identisch mit der, die der Vize-Vorsitzende getragen hatte. Boba beobachtete, wie sie zu Aurra Sing und den Sicherheitskräften rannten, die sie festhielten. Der Klang ihrer Stiefel hallte laut von den Korridorwänden wider. Einen Augenblick später hörte er, wie Aurra einen wütenden Schrei ausstieß, als sie von den Soldaten umstellt wurde.

„Nein! Lasst mich los! Ihr werdet niemals ..."

Boba unterdrückte ein Schaudern. Für Aurra empfand er kein Mitleid. Sie hätte ihn ebenso kaltblütig getötet, wie sie den Vize-Vorsitzenden getötet hatte – und mit noch mehr Freude. Aber er wusste, dass es für Aurra Sing bei weitem schlimmer sein würde, ihre Freiheit zu verlieren als ihren Anteil am Vermögen von Bobas Vater.

Und doch würde man sie wahrscheinlich nicht lange einsperren. Darauf würde Boba sein Leben wetten.

Aber jetzt nicht. Im Augenblick hatte Boba vor, jedes bisschen Geld, das er hatte, für sich zu behalten. Er warf noch einen Blick auf das Geld in seiner Hand. Es war vielleicht kein riesiges Vermögen, aber doch genug, um ein Schiff neu auszustatten. Und genug, um ihn von Aargau wegzubringen. Er steckte das Geld wieder in den Lederbeutel und verschloss ihn. Er legte ihn sorgfältig zum Buch seines Vaters in seine Tasche. Dann drehte er sich um und ging schnell den Korridor entlang zu Ebene Eins.

Kapitel 23

Niemand fragte ihn, als er Treibstoff und Proviant für sein Schiff kaufte. Und niemand fragte ihn, als er an Bord der *Slave I* ging, nachdem er die Freigabe für den Abflug von Aargau bekommen hatte. Geld machte vielleicht nicht glücklich, aber man konnte sich dafür eine Menge nützliche Dinge kaufen.

Boba setzte sich ins Cockpit der *Slave I*. Er hatte das Gefühl, wieder zuhause zu sein – zum ersten Mal. Er gurtete sich an, aktivierte die Kontrollen und lehnte sich zurück. Einen Augenblick später spürte er den vertrauten Andruck und hörte das Brüllen des abhebenden Schiffes.

Binnen weniger Sekunden lag Aargau weit, weit hinter ihm. Boba schaute durch die Sichtscheibe hinaus auf den leuchtenden Planeten. Er dachte noch einmal kurz über die Wesen nach, die er dort gesehen hatte. Den jungen Klon 9779. Den Clawditen Nuri – wenn das überhaupt sein Name war. Den mysteriösen San Hill.

Boba fragte sich, was wohl aus ihnen werden würde. Und was würde aus der Sache der Separatisten werden, die von Count Dooku angeführt wurden, der ein doppeltes Spiel spielte?

Und was war mit Aurra Sing?

Aurra Sing mochte jetzt vielleicht in Gefangenschaft sein, aber Boba wusste, dass sie da nicht lange bleiben würde. Dafür war sie einfach zu schlau. Und wenn sie erst einmal wieder auf freiem Fuß war, würde sie ihn suchen.

Boba lächelte entschlossen. Wenn er Aurra Sing das nächste Mal begegnen würde, würde er darauf vorbereitet sein. Jetzt hatte er vorerst andere Dinge im Kopf.

Boba wusste, wo seine nahe Zukunft lag: beim berüchtigten Gangster Jabba the Hutt!

Er beugte sich mit einem Grinsen über die Kontrollkonsole und gab die Koordinaten von Tatooine ein.

Glossar

Aargau
Ein Planet, der vom ➢Intergalaktischen Bankenclan beherrscht wird und als Finanzzentrum der ➢Galaxis gilt. Die meisten zivilisierten Planeten haben auf Aargau eine Bankfiliale. Da die Mitglieder des Bankenclans gern einen Überblick über die Geschehnisse um sich haben, wurde die gesamte Bevölkerung in einem riesigen, pyamidenförmigen Bauwerk untergebracht, das in sieben Ebenen unterteilt ist, die wiederum verschiedene Funktionen haben. Aargau ist politisch neutral.

Admin-Droide
➢Droide.

Ammuud
Ein Planet, der von sieben Clans regiert wird und auf dem ein strenger Ehrenkodex gewahrt wird. Ammuud hat – wie viele Planeten – eine Bankfiliale auf dem Planeten ➢Aargau.

Aurra Sing
Aurra Sing ist eine humano-

ide Kopfgeldjägerin mit kreideweißer Haut und langen Fingern. An ihrem Kopf befindet sich ein Sensorenimplantat, das ihr bei der Jagd hilft. Aurra trägt einen rein funktionalen roten Body und nur wenig Panzerung. Sie entführte ➢Boba Fett auf ➢Coruscant, brachte ihn zu ➢Count Dooku und stahl Bobas Raumschiff, die ➢Slave I. Später traf sie aber eine Abmachung mit Boba: Sie weiß, wo das Erbe seines Vaters liegt, kann aber ohne Bobas ➢DNS nicht an das Geld kommen. Daher nahm sie ihn mit auf die Suche nach dem Vermögen.

Balmorra
Ein Planet am Rand des ➢Galaktischen Kerns, auf dem fortschrittliche Waffensysteme gebaut werden. ➢Jango Fett wurde einst auf Balmorra in einem Labyrinth eingesperrt.

Barabels
Eine Spezies aus großen, mit gepanzerten Schuppen bedeckten, zweibeinigen Echsen. Barabels sind in der ➢Galaxis als raubeinige Zeitgenossen bekannt.

Belsavis
Ein recht unbekannter Planet, auf dem ➢Jango Fett einst in einem Irrgarten eingesperrt war.

Bespin
Ein Planet in einem wenig besuchten Sektor der ➢Galaxis. Bespin ist ein so genannter Gasriese, ein Planet, dessen Kern unter gewaltigen Schichten von giftigen Gasen verborgen liegt. Auf Bespin leben keine intelligenten Ureinwohner. Der Planet wurde vielmehr

einst von Prospektoren besiedelt, die ein wertvolles Gas gewinnen wollten und schwebende Städte in der bewohnbaren Zone der Atmosphäre bauten. Auf Bespin traf ➢Boba Fett nach seiner Flucht vor ➢Count Dooku ➢Aurra Sing wieder.

Bib Fortuna
Ein ➢Twi'lek, der anscheinend für ➢Jabba the Hutt arbeitet.

Bimm
Eine Spezies von kleinen, bis zu 1,20 m großen Wesen mit affenartigen Gesichtern und langen Spitzohren.

Bimmisaari
Der Heimatplanet der ➢Bimms.

Blaster
Die meistgebrauchte Waffe in der ➢Galaxis. Es existieren viele Varianten von Pistolen und Gewehren. Blaster emittieren Strahlen aus Laserenergie.

Boba Fett
Boba Fett ist ein besonderer elfjähriger Junge: Er hat keine richtigen Eltern, sondern ist ein ➢Klon des Kopfgeldjägers ➢Jango Fett, als dessen Sohn er auf dem Planeten ➢Kamino aufwuchs. Boba verdankt seine Existenz einem Wunsch von Jango nach einem eigenen Klon, der ohne Wachstumsbeschleunigung und künstlich erweiterte Lernfähigkeit aufwächst. Jango Fett wurde in einem Kampf auf ➢Geonosis von einem ➢Jedi-Ritter getötet. Seitdem ist Boba auf sich allein gestellt. Auf seinen Reisen wurde er schon nach kurzer Zeit von der Kopfgeldjägerin ➢Aurra Sing gefangen

genommen, die ihn zu ➢Count Dooku brachte und mit Bobas Schiff, der ➢Slave I, als Belohnung verschwand. Später, nachdem Boba vor Dooku fliehen konnte, traf er Aurra wieder, die ihn mit auf die Suche nach Jango Fetts Erbe nahm.

Bogden
Ein unbewohnter Sumpfplanet im ➢Outer Rim, der von unzähligen kleinen Monden umkreist wird.

Bothaner
Eine Spezies von kleinen Halbhumanoiden. Bothaner, ob männlich oder weiblich, haben immer Bärte.

Candaserri
Ein Angriffsschiff der ➢Galaktischen Republik, auf dem ➢Boba Fett auf seiner Flucht vor ➢Count Dooku vorübergehend Unterkunft fand.

Caridianer
Ein Einwohner des Planeten Caridian. Das Volk ist für seine guten Piloten bekannt.

Clawdite
Eine Spezies von Formwandlern – auch Changeling genannt –, die jederzeit ihre physische Erscheinungsform durch pure Willenskraft ändern kann. Clawditen können jede beliebige Form annehmen, die ungefähr ihrer Körpermasse entspricht. Die Wandlung erfordert Konzentration; abgelenkte oder tote Clawditen nehmen wieder ihre ursprüngliche Form an.

Cloud City
Eine schwebende Stadt auf dem Planeten ➢Bespin.

Comlink
Die tragbare Ausführung eines ➢Comm Unit.

Comm Unit
Allgemeiner Begriff für ein stationäres Kommunikationsgerät, mit dem man Gespräche, Bilder und wissenschaftliche Daten übertragen kann.

Coruscant
Planet und offizieller Sitz des ➢Galaktischen Senats sowie des ➢Jedi-Tempels. Coruscant ist eine einzige riesige Stadt; jeder Quadratmeter des Planeten ist bebaut. Coruscant liegt im ➢Galaktischen Kern und markiert die Koordinaten Null-Null-Null im Navigations-Koordinatensystem.

Count Dooku
Ein geheimnisvoller älterer Mann, der ➢Jango Fett vor Jahren unter dem Pseudonym ➢Count Tyranus anheuerte, um als Vorbild für eine Armee von ➢Klonen zu dienen. Boba weiß weiter nichts über die Herkunft und die Hintergründe von Count Dooku, außer dass er sein Versteck auf dem Planeten ➢Raxus Prime hatte, wohin Dooku ihn von der Kopfgeldjägerin ➢Aurra Sing entführen ließ.

Count Tyranus
➢Count Dooku.

Credits
Galaktisches Zahlungsmittel, das in allen Systemen, die der ➢Galaktischen Republik angehören, akzeptiert wird. Auch auf anderen Welten werden Credits teilweise angenommen, da sie für ihre Stabilität bekannt sind. Die Credits werden meist bar-

geldlos übermittelt, es gibt aber auch fälschungssichere Kunststoffkarten und Scheine.

Dianoga
Eine Aas fressende, schlangenartige Spezies, die ursprünglich vom Sumpfplaneten Vordran stammt, drei bis zehn Meter lang wird und auf vielen Planeten als Müllverwerter eingesetzt werden.

DNS
Abkürzung für Desoxy-Ribo-Nukleinsäure. Die DNS bildet den Kern einer jeden Zelle jedes Lebewesens und enthält alle Erbinformationen, also den Bauplan dieses Wesens. Mit nur einer einzigen Zelle kann man daher ein Wesen klonen, das heißt, eine exakte Kopie dieses Wesens heranwachsen lassen.

Droiden
Roboter, die für nahezu jede nur vorstellbare Aufgabe in der ➢Galaxis eingesetzt werden. Form und Funktion der Droiden variieren stark. So gibt es neben Kampf-Droiden zum Beispiel Protokoll-Droiden, die für Übersetzungen und administrative Aufgaben zuständig sind, oder Astro- oder Servomech-Droiden, die im Raumverkehr als Mechaniker und Navigatoren eingesetzt werden.

Dug
Eine schlanke, aber kräftig gebaute Rasse von echsenhaften Wesen, die zwar zwei Beine und zwei Arme hat, aber die Arme zum Gehen benutzt. Sie haben eine lange Schnauze und oft lose herabhängende Haut. Dugs sind für ihren üblen Charakter bekannt.

Filocard
Eine kleine Kunststoffkarte, auf der allerhand Daten gespeichert werden. Filocards werden oft als Zugangskarten für Bankkonten benutzt.

Galaktische Republik
Die Galaktische Republik setzt sich aus den durch die Gouverneure im ➢Galaktischen Senat repräsentierten Mitgliedsplaneten zusammen.

Galaktischer Kern
Der Galaktische Kern bildet die Region der dicht bevölkerten Welten um den Galaktischen Tiefkern, in dem sich wiederum eine große Menge Antimaterie und ein ➢Schwarzes Loch befinden. ➢Coruscant liegt im Galaktischen Kern.

Galaktischer Senat
Der Galaktische Senat tagt in einem riesigen, amphitheaterähnlichen Gebäude auf ➢Coruscant, wo tausende von Senatoren aus allen Welten der ➢Galaktischen Republik den Sitzungen beiwohnen.

Galaxis
Eine Ballung von Milliarden von Sternen. Galaxien sind in Galaxienhaufen, diese wiederum in so genannten Superhaufen organisiert. Die Entfernungen zwischen den einzelnen Galaxien sind jedoch dermaßen groß, dass sie bislang nicht überwunden werden konnten.

Gammorreaner
Eine Spezies aus gedrungenen Wesen, die teils reptiloid und teils wie Schweine wirken. Sie haben Reißzähne unter ihren kurzen Schnauzen und bedienen sich einer Sprache aus

Grunzlauten. Die nicht sonderlich intelligenten Gammorreaner arbeiten oft als Wächter für die ➢Hutts.

Geonosis
Ein wüstenhafter Planet, auf dem das Insektenvolk der Geonosianer Kampf-➢Droiden herstellt.

Gleiter
Ein ➢Repulsor-getriebenes Fahrzeug zur Fortbewegung über Land. Es gibt allerlei Ausführungen und Größen, die sich im Allgemeinen ca. 0,5–1 m über dem Boden schwebend und recht schnell bewegen können.

Gorga
Ein ➢Hutt und Neffe von ➢Jabba.

Gotals
Eine humanoide Spezies aus dem Prindaar-System. Gotals haben dicke Wülste über den Augen, braune Haut und zwei konische Auswüchse auf dem Kopf. Sie besitzen einen außergewöhnlich gute Hör- und Sehsinn.

Hev'sin
Name einer ➢bothanischen Spionin auf ➢Aargau.

Hologramm
Ein bewegtes dreidimensionales Bild, das an einen anderen Ort zum Zweck der interaktiven audiovisuellen Kommunikation übertragen werden kann. Am Empfangsort erscheint das Hologramm als geisterhafte Projektion im Raum. Je nach Ausführung des Holoprojektors kann das Hologramm in der Größe variieren. Es gibt auch Bildschirme für Hologramme (Holoschirme) und hologra-

fische Festbilder (Holobilder).

Holoschild
Ein Schild, dessen Technik auf ➢holografischer Projektion beruht.

Holoschirm
Ein Display, auf dem ➢holografische Bilder dargestellt werden.

Hutts
Die Hutts sind eine echsenhafte Spezies. Sie kommen ursprünglich vom Planeten Varl, haben sich aber auf dem Planeten ➢Tatooine weit verbreitet, den sie auch verbrecherisch beherrschen. Sie sind als bösartige Gangster bekannt, die hunderte von Jahren alt werden können und dabei niemals aufhören zu wachsen. Ein Hutt kann durchaus bis zu zehn Metern lang werden.

Hyperraum
Der Hyperraum ist das physikalische Medium, in dem sich ein Raumschiff während eines Fluges jenseits der ➢Lichtgeschwindigkeit aufhält.

IG
Kurzform für einen bestimmten Typ von Tötungs-➢Droiden.

Intergalaktischer Bankenclan
Ein Clan, der als verwaltende Instanz vieler Banken die Macht über unendliche Reichtümer in der ganzen Galaxis hat. Der Intergalaktische Bankenclan ist eng mit der wachsenden Gruppe der ➢Separatisten verbunden.

Ithorianer
Eine Rasse, die in der ➢Galaxis auch Hammerheads

genannt wird, was an ihrem auffälligen Äußeren liegt: Sie haben einen gebogenen Hals und einen hammerförmigen Kopf. Diese großen, sanften Wesen sind Pflanzenfresser und kommen vom Planeten Ithor.

Jabba

Ein berüchtigter ➢Hutt-Gangster, der seinen Sitz auf ➢Tatooine hat, wo sein Clan auch ein riesiges Schmuggelimperium betreibt.

Jango Fett

Er galt als der beste Kopfgeldjäger in der ➢Galaxis. Er war ein hervorragender Schütze und ein gefährlicher Zweikämpfer. Bei Aufträgen trug er immer seine charakteristische ➢Mandalorianische Kampfrüstung, die mit allerhand Waffensystemen ausgestattet war. Außerdem besaß die Rüstung ein so genanntes ➢Jetpack, mit dem sich Jango auch fliegend fortbewegen konnte. Jango Fett wurde vor Jahren von dem geheimnisvollen ➢Count Tyranus angeheuert, um als genetisches Vorbild für eine Armee von ➢Klonen zu dienen, die auf dem Planeten ➢Kamino entstehen sollte. Jango willigte ein, wobei zu seiner Bezahlung ein spezieller Klon für ihn allein gehörte, der später sein ›Sohn‹ ➢Boba werden sollte. Jango Fett wurde jüngst auf dem Planeten ➢Geonosis im Zweikampf mit einem ➢Jedi getötet. Er hat Boba sein Raumschiff, die ➢Slave I, den Helm seiner Rüstung und ein Buch hinterlassen, in dem Boba Ratschläge seines Vaters nachlesen kann, wenn er sie braucht.

Jawas
Nomadenvolk vom Planeten ➢Tatooine. Die Jawas sind etwa einen Meter groß und tragen braune Kutten, durch die man nur ihre leuchtenden Augen glimmen sieht. Ihre Stämme ziehen umher und sammeln, stehlen oder kaufen Schrott auf, den sie teils repariert wieder verkaufen.

Jedi-Meister
Sie sind die ➢Jedi-Ritter, die den höchsten Ausbildungsstand erreicht haben und selbst junge ➢Jedi-Padawane ausbilden.

Jedi-Padawan
Ein junger Jedi-Anwärter, der von einem ➢Jedi-Meister als dessen persönlicher Schüler angenommen wurde. Ein Jedi-Schüler, der bis zu seinem dreizehnten Geburtstag von keinem Jedi-Meister als Padawan angenommen wurde, kann nicht mehr zum ➢Jedi-Ritter ausgebildet werden.

Jedi-Ritter
Die Hüter von Frieden und Gerechtigkeit in der ➢Galaxis. Jedi-Ritter zeichnen sich durch eine besonders gute Beherrschung der ➢Macht aus und haben sich vor Jahrtausenden zu einem Orden zusammengeschlossen.

Jedi-Tempel
Der riesige Jedi-Tempel ist Sitz des ➢Rates der Jedi auf ➢Coruscant. Hier werden auch die jungen Jedi-Schüler ausgebildet.

Kamino
Ein Planet, der noch außerhalb des ➢Outer Rim liegt. Die Oberfläche von Kamino ist fast vollständig von ei-

nem riesigen Meer bedeckt und es regnet ununterbrochen. Kamino war die Heimat von ➢Boba Fett.

Kenoball
Ein Glücksspiel, das auf Tischen in Spielhallen überall in der ➢Galaxis gespielt wird.

Kernwelten
So werden die Planeten bezeichnet, die sich im ➢Galaktischen Kern befinden.

Klon
Die genetische Kopie eines Lebewesens. Eine einzige Zelle eines Wesens reicht, um auf künstlichem Weg eine exakte Kopie dieses Wesens herstellen zu können. Mit Hilfe von wachstumsbeschleunigenden Maßnahmen können Klone sehr schnell heranwachsen – schneller als die Träger ihrer Wirtszelle.

Kos
Der Vize-Vorsitzende des Galaktischen Rechnungsamts, einer Finanzinstitution, die dem ➢Intergalaktischen Bankenclan angehört.

Krayt-Drachen
Eine riesige Echsenart vom Planeten ➢Tatooine. Krayt-Drachen sind Furcht erregende, gefährliche Fleischfresser.

Kretch
Ein gefährliches, skorpionartiges Insekt, das überall in der ➢Galaxis vorkommt und vorzugsweise in dunklen Höhlen und Gängen lebt. Ein Kretch kann bis zu einem Meter lang werden.

Kuat
Ein Planet, der für seine

Raumschiffwerften berühmt ist. Auch die ➢Slave I stammt von einer der Werften auf Kuat.

Lichtgeschwindigkeit
Die Geschwindigkeit, mit der sich das Licht fortbewegt – 299 792 458 Kilometer pro Sekunde.

M'haeli
Ein Agrarplanet mit mehreren Monden, der von den Nachbarplaneten als Tankstopp genutzt wird.

Macht
Die Macht ist ein gleichermaßen mystisches wie natürliches Phänomen: ein Energiefeld, das die ➢Galaxis durchdringt und alles miteinander verbindet. Die Macht wird von allen Lebewesen erzeugt. Wie alle Energieformen kann die Macht manipuliert werden. Vor allem die ➢Jedi-Ritter beherrschen diese Kunst. Ein Jedi-Ritter, der die Macht beherrscht, hat besondere Fähigkeiten: Er kann beispielsweise entfernte Orte sehen oder Gegenstände und die Gedanken anderer bis zu einem gewissen Maß kontrollieren. Die Macht hat zwei Seiten: Die lichte Seite der Macht schenkt Frieden und innere Ruhe; die Dunkle Seite der Macht erfüllt mit Furcht, Zorn und Aggression. Wer sich als Jedi diesen negativen Gefühlen allzu leicht hingibt, steht in Gefahr, der Dunklen Seite der Macht zu verfallen.

Mandalorianer
Ein geheimnisvolles Volk, dessen Geschichte mindestens 4000 Jahre zurückreicht. Zu jener Zeit kämpf-

ten die Mandalorianer gegen die ➢Jedi. Die Mandalorianer sind bekannt für ihre charakteristischen, sehr guten Kampfrüstungen.

Mandalorianische Kampfrüstung
Eine Kampfrüstung, die von den ➢Mandalorianern hergestellt wurde und die auch ➢Jango Fett trug. In diese Rüstung sind einige Waffensysteme eingebaut, zum Beispiel ausklappbare stählerne Klauen, ein Fangseil, zwei ➢Blasterpistolen und noch allerhand andere seltene Waffen.

Mantell
Kurzform für Ord Mantell. Ein relativ unbekannter Planet am ➢Outer Rim.

Mesarcs
Eine verglichen mit den ➢Credits in der ➢Galaxis nicht sonderlich verbreitete Währung.

Mrissi
Eine Spezies dünner, gefiederter Humanoider. Mrissi haben lange Schwanzfedern und tragen oft bunte Kleidung.

Muunilinst
Sitz des ➢Intergalaktischen Bankenclans. Der Planet Muunilinst liegt im ➢Galaktischen Kern und wird umgangssprachlich oft auch Geldplanet genannt.

Mynock
Eine geflügelte Spezies, die überall in der ➢Galaxis meistens im luftleeren Raum lebt und ihren Energiebedarf von interstellarer Strahlung deckt. Mynocks heften sich gern an Raumschiffhül-

len, von denen sie nur sehr schwer wieder zu entfernen sind.

N'Zoth
Ein Planetensystem am Rand des ➢Galaktischen Kerns.

Nal Hutta
Der Heimatplanet der ➢Hutts.

Nuri
Der Name eines ➢Bimm, der auf ➢Aargau lebt.

Ord Mantell
➢Mantell.

Outer Rim
Der Outer Rim ist die Randzone der ➢Galaxis und wird auch oft als Äußerer Rand bezeichnet. Der Outer Rim gilt im Allgemeinen als uninteressante und verschlafene Region.

Outlander
Ein in der ➢Galaxis beliebtes Glücksspiel.

Plasteel
Ein sehr stabiler, aber flexibler Kunststoff, der für die verschiedensten Zwecke benutzt wird, unter anderem auch für die Herstellung von Stoffen.

Podrenner
Ein schwebendes Rennfahrzeug, das aus einer Fahrerkabine – dem so genannten Pod – und meistens zwei, manchmal auch vier oder mehr Antriebskapseln besteht. Podrennen sind vor allem auf ➢Tatooine ein beliebter Volkssport.

Rat der Jedi
Gremium aus zwölf ➢Jedi-Meistern, die sich um die Angelegenheiten der ➢Galaxis kümmern und als Hü-

ter von Frieden und Gerechtigkeit auftreten.

Raxus Prime
Ein Planet im ➢Outer Rim, der als Müllhalde der ➢Galaxis gilt. Tausende von Planeten entsorgen dort ihre Zivilisationsabfälle, was Raxus Prime zu einem der unbewohnbarsten Planeten in der Galaxis macht.

Repulsor
Antriebssystem für Boden- und Raumfahrzeuge, das ein Kraftfeld erzeugt. Der hierbei entstehende Antischwerkraftschub ermöglicht die Fortbewegung von Boden-, Luftgleitern und Düsenschlitten. Sternjäger und Raumschiffe nutzen Repulsoren als zusätzliches Schubkraftsystem, etwa beim Andocken oder beim Flug in der Atmosphäre.

Retina-Scan
Ein Vorgang, bei dem die Iris (Retina) des Auges optisch abgetastet und so die Identität eines Menschen festgestellt wird. Eine Retina hat noch genauere Einzelmerkmale als ein Fingerabdruck und gilt als unfälschbar.

Robo-Hack
Typenbezeichnung für ein Lufttaxi.

S-EP 1
Typenbezeichnung für einen bestimmten Sicherheits-➢Droiden.

San Hill
Der Vorsitzende des ➢Intergalaktischen Bankenclans. San Hill ist ein großer, sehr dünner Humanoider.

Savrip
Ein tödliches Raubtier vom Planeten ➢Ord Mantell.

Schock-Granate
Eine Granate, deren Wirkung darin besteht, dass sie eine Schockwelle aussendet. Es gibt unterschiedlich starke Schock-Granaten. Die stärksten können auch ein Gebäude zum Einsturz bringen.

Separatisten
Eine Gruppe von ehemaligen Mitgliedsplaneten der ➢Galaktischen Republik, die sich unter der Führung von ➢Count Dooku vereint haben. Ihr offizielles Motiv ist Unzufriedenheit mit dem anscheinend immer unbeweglicheren Senat, in Wirklichkeit verfolgen die Separatisten auch finanzielle Interessen – und sie sind Teil des undurchsichtigen Doppelspiels von Count Dooku.

Servomech-Droide
➢Droiden.

Slave I
Das Raumschiff des Kopfgeldjägers ➢Jango Fett. Die *Slave I* hat eine elliptische Grundform, kippt aber nach dem Start um 90 Grad nach vorn und ähnelt in dieser Position einem Elefantenschädel. Sie ist mit modernsten Anti-Ortungseinrichtungen und einer umfangreichen Bewaffnung versehen.

Swoop
Kleine ➢Repulsor-getriebene Einmannfahrzeuge, die sich mit bis zu 500 km/h und bis maximal 25 m über dem Boden bewegen können. Swoops sind sehr wendig.

Tatooine
Ein öder Wüstenplanet im Zwillingssonnensystem Tatoo. Tatooine ist nicht Mitglied der ➢Galaktischen Re-

publik und liegt weit entfernt von jeder galaktischen Zivilisation am ➢Outer Rim, dafür aber am Kreuzungspunkt einiger wichtiger ➢Hyperraum-Routen. Tatooine hat sich daher als idealer Stützpunkt für allerhand Schmuggler und andere Kriminelle entwickelt. Der Planet wird auch von Kriminellen regiert: den Hutts, einer schwerfälligen, echsenhaften Spezies, die sich durch besondere Ruchlosigkeit auszeichnet. Wer auf Tatooine keine Schmuggel- oder sonstige Geschäfte betreibt, ist meistens Farmer.

Tuk'ata

Ein gefährliches Raubtier, das auch in absoluter Dunkelheit sehen kann.

Twi'lek

Eine Spezies vom Planeten Ryloth, die bis auf eine Abweichung vollkommen human ist: Twi'leks besitzen zwei dicke Kopftentakel namens Lekku, weshalb sie oft geringschätzig als Wurmköpfe bezeichnet werden. Die Lekku werden von den Twi'lek auch zur Kommunikation mit Artgenossen eingesetzt.

Unterstadt

Die unterste Ebene der großen Pyramide auf ➢Aargau. Hier werden die ansonsten strengen Gesetze des Planeten nicht mehr kontrolliert, da die Regierung den Überblick verloren hat. Die Unterstadt auf Aargau ist ein Treffpunkt für alle möglichen Kriminelle.

Vibro-Waffen

Handwaffen, die es in vielen Varianten (Vibro-Axt, Vibro-Dolch, Vibro-Messer, Vibro-Schwert gibt. Ein Ultraschall-Generator im Griff erzeugt Schwingungen, die die Schnittkraft der Klinge erheblich steigern. Die geringste Berührung kann gefährliche Verletzungen hervorrufen.

Wolkenwagen
Bezeichnung für ein kleines Kapselgefährt zum inneratmosphärischen Flug. Es existieren viele unterschiedliche Versionen mit einer oder mehreren Kapseln. Ein Doppelkapsel-Wolkenwagen hat je eine Kapsel für einen Piloten und einen Schützen.

Wookiee
Eine große, völlig mit Pelz bedeckte Spezies vom Planeten Kashyyyk. Wookiees gelten gleichermaßen als wild entschlossene Gegner und loyale Freunde. Sie werden im Durchschnitt zwei Meter groß und erreichen ein Mehrfaches des menschlichen Lebensalters.

Wuur-Murmelspiel
Ein Spiel mit besonders bunten Murmeln, das bei Kindern überall in der ➢Galaxis bekannt ist.

Zug
Das Planetensystem, zu dem der Planet ➢Aargau gehört.

Zum Kopfgeldjäger geboren!
STAR WARS
BOBA FETT
Die Klonkriege toben in der Galaxis
und Boba Fett ist mitten drin!
DER KAMPF UMS ÜBERLEBEN
IM KREUZFEUER
DAS LABYRINTH
Band 1: Der Kampf ums Überleben
Die Suche nach Count Dooku
ISBN 3-89748-705-5
Band 2: Im Kreuzfeuer
Die Schlacht von Raxus Prime
ISBN 3-89748-706-3
Band 3: Das Labyrinth
Verschwörung auf Aargau
ISBN 3-89748-707-1
Band 4: Gejagt
ISBN 3-89748-708-X
ab November erhältlich
Im Buchhandel
Dino
WWW.DINOCOMICS.DE
© 2003 Lucasfilm Ltd. & ™
All rights reserved. Used under authorization.
LUCAS BOOKS

STAR WARS
JEDI QUEST
Anakins Abenteuer zwischen Episode I und Episode II
Band 1:
Der Pfad der Erkenntnis
ISBN 3-89748-416-1
Band 2:
Der Weg des Padawan
ISBN 3-89748-556-7
Band 3:
Die Spur des Jedi
ISBN 3-89748-557-5
Band 4:
Tödliche Spiele
ISBN 3-89748-558-3
Band 5:
Meister der Täuschung
ISBN 3-89748-698-9
ab November erhältlich
Band 6:
Die Akademie der Angst
ISBN 3-89748-699-7
AUSERWÄHLT VON DER MACHT.
VERDAMMT ZUR DUNKLEN SEITE.
Dino entertainment
WWW.DINOCOMICS.DE
© 2003 Lucasfilm Ltd. & ™.
All rights reserved. Used under authorization.

DIR EINE WELT VOR, IN DER DU NIE DIE SONNE SIEHST.
GARTH NIX'
DER SIEBTE TURM
TM
Band 4:
Jenseits der Grenze
ISBN: 3-89748-405-6
Band 5:
Die Schlacht beginnt
ISBN: 3-89748-554-0
Band 6:
Der violette Sonnenstein
ISBN: 3-89748-555-9
Das große Finale in Band 6!
Band 1:
Sturz in die Dunkelheit
ISBN: 3-89748-402-1
Band 2:
Mauern des Todes
ISBN: 3-89748-403-x
Band 3:
Aenir – Reich der Schatten
ISBN: 3-89748-404-8
Dino
www.DinoAG.de
ENTDECKE DAS LICHT.
www.theseventhtower.com
LUCAS BOOKS
© 2002 Lucasfilm Ltd. & ™. All rights reserved.